松弛力

RELAXATION FORCE

晚情 · 著

图书在版编目（CIP）数据

松弛力 / 晚情著. -- 青岛：青岛出版社，2025.
-- ISBN 978-7-5736-3246-3

Ⅰ.I247.5

中国国家版本馆CIP数据核字第2025WL0553号

SONGCHI LI
书　名	松弛力
作　者	晚　情
出版发行	青岛出版社（青岛市崂山区海尔路182号）
本社网址	http://www.qdpub.com
邮购电话	18613853563
责任编辑	方泽平
特约编辑	崔　悦
校　对	耿道川
装帧设计	张张休眠中
照　排	王晶璎
印　刷	三河市良远印务有限公司
出版日期	2025年4月第1版　2025年4月第1次印刷
开　本	32开（880mm×1230mm）
印　张	7.5
字　数	150千
书　号	ISBN 978-7-5736-3246-3
定　价	42.00元

编校印装质量、盗版监督服务电话　4006532017　0532-68068650

没有谁的人生是十全十美的。

凡是你想控制的东西,其实都控制了你。

渔夫出海前不知道鱼在哪儿,但他们依然会出发。

你可以很努力，也可以很松弛。

当你有了自爱的能力时,你的爱才会源源不断地流向别人,你身边所有人都会受益,甚至天上的一片云、路边的一朵花、清晨的一滴露珠、夜空中的一颗寒星,都流淌过你的爱!

晚情 近照

目录

CONTENTS

前　言 　　　　　　　　　　　　　　　　　　　　001
01　我本一无所有，唯有出发　　　　　　　　　　　004
02　不要美化没走过的那条路　　　　　　　　　　　010
03　做那个先停下来的人　　　　　　　　　　　　　015
04　人生是一场马拉松，别在一开始用尽全力　　　　021
05　别在赚钱这件事上索取情绪价值　　　　　　　　027
06　你读那么多书，不是为了成为谁的太太　　　　　033
07　一位萍水相逢的司机有个英雄梦想　　　　　　　039
08　无论你活成什么样，都会有人对你说三道四　　　044
09　当你懂得爱自己，万物皆流淌过你的爱　　　　　051
10　渔夫出海前不知道鱼在哪儿，但依然会出发　　　057

目录

CONTENTS

11 午夜梦回，你最爱的人是谁　　062

12 黄金10年的过法，决定了大多数人的一生　　067

13 别轻易改变你自己，因为喜恶同因　　072

14 当理想天国遇到人间烟火……　　078

15 与有情人做快乐事，不问是缘是劫　　083

16 每个人终将沿着自己的性格，走向必然的宿命　　089

17 你可以假装努力，但结果会揭穿一切　　094

18 你照顾了所有人的感受，唯独忘了自己　　099

19 这个世界对你设置了两副面孔　　104

20 一场对青春的缅怀　　109

目录

CONTENTS

21 人生的终点不是死亡，而是被遗忘　　115

22 去留随缘，从不后悔对你好　　121

23 谁家锅底没有灰　　126

24 成年人的渐行渐远，从来都是心照不宣　　131

25 愿你有双向奔赴的能力，也有一人吹风的自由　　136

26 离开了一个你很爱的人，其实你不亏　　141

27 这世上没有感同身受，唯有自度　　146

28 真正的捷径永远是那条漫长且成败难料的行动之路　　152

29 远离喜欢吹灭你的灯的人　　157

30 真正的强大就是允许一切发生　　163

目录

CONTENTS

31 当你觉得孤独时，你可能拥有了别人渴望的自由 　　*168*

32 结婚前都没让他做到的事，结婚后也别指望他做到 　　*173*

33 我年薪百万，却没有存款 　　*178*

34 得到的未必是福，失去的未必是祸 　　*183*

35 成功后的放松叫松弛，一无所有时的松弛叫摆烂 　　*189*

36 世上有一条永恒不变的古老法则：放下即拥有 　　*195*

37 3副耳机，揭示了3种不同的人生选择 　　*200*

38 不要为没有发生的事担心 　　*205*

39 终有一天，你会找到最好的自己 　　*210*

40 一生何求 　　*215*

　　后　记 　　*221*

前　言

过去10年，我一直忙于创业，开公司、做公众号、建平台、忙社群，还有隔三岔五的直播活动，把自己绷得很紧。

连续两年没有时间写书，经常有读者问我："晚情姐，你什么时候有新书啊？"

我说这两年不会有新书，当时我内心的真实想法是，不止两年，可能很多年不会出书。忙到吐血时，我甚至认为这辈子都不出书了。

但是有一天晚上，我忙完工作却睡意全无，于是戴上耳机开始听老歌，一直听到凌晨3点，很多前尘往事如电影般一帧帧地从脑海里闪过。

我从小就有一个作家梦。虽然因为我生活在小县城里，这个梦想不但没有得到身边人的支持，反而遭到了很多人嘲笑，但是我从来不曾放弃。

从 2010 年开始，我的书陆续出版。那时候，我最大的梦想不仅仅是做一个作家，我还希望自己成为百万册畅销书作家。人的欲望果然是无止境的。

很幸运，《做一个刚刚好的女子：不攀附，不将就》问世后，以黑马的姿态快速攀上 24 小时榜第一、7 日榜第一、月度榜第一的位置，月月数次加印，到年底已完成了我出百万册畅销书的夙愿！

此后的 10 年里，起初我基本上每年会有新书问世，后来大概两年出一本。再后来实在忙得没有时间写书，而我也不愿意敷衍地出书，因为我对出书是有执念的，我出的每一本书必须是自己非常喜欢、非常满意的，否则未来我翻看自己的书，会难以接受。

但是在这样一个夜晚，无声的回忆、昏黄的灯光，使得我写书的欲望无比强烈，可能写作这件事已经融入我的生命里，早已成为无法割舍的一件事。

坦白地说，这两年我虽然没有出书，却从没停止过写作。只是很多文章要么是紧随热点，要么无可避免地考虑读者的口味和点击量，不是我真正发自灵魂的想法和观点。

所以这些年其实有不少编辑找我出书，我回复说没有时间写。她们给我建议说可以从平台上选一些文章，现在很多书是这样出的，但我都拒绝了，因为我不想敷衍。

如果再出书，我的要求只会比以前更高，毕竟我现在的阅历越来越丰富，思想也越来越深刻。我写出来的书必须更有深度，或者给人力量，或者引人思考，或者唤醒美好。

而这种境界，对我自身的状态要求是非常高的。这就决定了我浮躁的时候不能写，有名利欲望的时候不能写，琐事缠身的时候不能写。

我足足用了一年时间才把我的生活方式和状态调整过来。这一年时间里，我对人生、理想、财富、爱情、世俗、成功等有了更多深刻思考，很希望能将这一切观点和大家分享，也希望能得到大家的喜欢与共鸣！

01
我本一无所有,唯有出发

元宵节前夕,我收到了一个巨大的包裹。这个包裹是子母件,足足有 12 件,每件还不小,我妈和阿姨拆了半天,才把里面的东西都拿了出来。

包裹里面有水果、糕点、特产、各种零食等,应有尽有,如果用车装的话,差不多能装小半车吧!

虽说闺密和朋友经常给我寄礼物,但也从来没有寄过这么多。

我妈惊讶地说:"这是谁送的啊,怎么送这么多啊?这都可以开个店了。"

其实我也一头雾水。到底是谁给我寄了这么多东西呢?不过很快谜底就揭开了。

晚上,有位学员联系我说:"晚情姐,我给你寄了一些东西,应该已经签收了,你看看有没有你喜欢吃的东西。你要是喜欢,以后我再给你寄。"

我说:"你也太客气了。你要给我寄东西,稍微寄一点儿就可以了。你这上来就是12箱,真把我给震惊了,事先也不和我说一下。"

她打了个笑脸的表情过来说:"就一点点心意啦,别看东西体积挺大,实际值不了多少钱。事先不说是怕你拒绝,我还怕你地址改了呢。你是我人生中最重要的贵人老师,我就想给你送点儿东西。你不用有心理负担,我现在自己的事业做得很好,收入是以前的20倍,今年估计能突破7位数,这点儿东西对我来说不是问题。"

我既惊讶又高兴,这才创业不到两年,她就已经有这个成绩了,真是太厉害了。

我说说我和她的故事吧!

两年前,因为疫情和经营问题,他们公司维持不下去倒闭了,自然,她也就失去了工作。那段时间是她最迷茫的时候。

她要工作没工作,要积蓄没积蓄,用她的话说,连个男人都没有,感觉自己活得太失败了。

她也试着重新找工作,但是合适的工作实在太难找了。找了一段时间后,她发现要么就做一份最基础的工作,要么就自己创业。

无意中,她在网上看到了我的文章,尤其是关于我创业的故事,仿佛看到了曙光,然后看见我在做社群,二话不说就参加了。

可能因为我感觉到了她对我特别喜欢吧,人总归会对特别喜欢自己、欣赏自己的人更加关爱,加上她也挺好学的,所以我很用心地帮她做了一次人生梳理。

她收到这份梳理意见的时候,感激万分,说原本觉得眼前有一片迷雾,但是看到我的梳理意见后,觉得目标都明确了,对未来也不恐惧了。她还说她一定会好好努力,做出好成绩,不辜负我的期望。

就这样过了几个月,有一天我突然想起她,就问她做得怎么样了。

她很不好意思地说:"情姐,我还没有开始。"

我说:"那你这几个月在干吗呢?"

她没好意思说,但我大概已经明白了。我问她为什么不开始,是遇到什么困难了吗?

她说其实她很想去做的,但是又很担心失败,毕竟她没有自己单干过,很怕自己干不好。

然后我们俩的对话经典场面来了。

我问她:"你有亿万资产吗?如果你失败了,这亿万资产就不见了吗?"

她说:"情姐别开我玩笑了,我哪里有亿万资产哪?我要是有的话,现在也不会这么焦虑了。"

我又问:"那你有豪宅吗?你拿豪宅抵押了吗?"

她说:"哪有啊,我现在还租房住着呢!"

我继续问:"那你有豪车吗?你拿豪车抵押了吗?"

她说:"情姐,你是不是对我很失望啊?"

我说:"不是。我只是想提醒你,你看你又没有亿万家产,也没有豪车、豪宅,其实现在什么都没有,已经没什么好失去的,那为什么还不敢开始呢?即便失败了,你也没什么东西可失去的。恕我直言,你本来就几乎一无所有啊。你真正努力了,可能后面什么都会有,但如果怕这怕那、患得患失,就真的一无所有了。我早就帮你测算过了,你的创业成本非常低,几乎可以说没什么损失。即便真的失败了,你也就是花费了一些时间,但是多了很多经验和经历,还是很值得的。"

大概我的话真的刺激了她,她发狠说,她知道自己的问题了,不会再东想西想了,一定会让我刮目相看的。

"她当时的情况"是这样的:她父母承包了一个果园和一个农场,产品品质很不错,但因为父母为人老实,不擅长销售,生意一直做得一般般。

我建议她利用自己年轻人的优势,结合网络,比如稍微花点儿钱,在果园里布置一些场景,能拍出美景来的那种,也可以多拍一些唯美的视频吸引大家过去打卡,吃吃农家菜,采摘一些新鲜水果。这是利用现有资源,实际花不了多少钱。

她挺聪明的,真的做起来很快就找到了要领,并且还和当地一些小网红合作,让他们帮她引流,她给予提成。

一开始她父母对此挺不以为意的,后来看见生意越来越红火,也渐渐地对她刮目相看了。事情发展到最后,父母几乎变成了她的员工,什么都听她的,还说她的书没有白念。

而她也越来越自信,脑子里的点子越来越多,也就有了开头那一幕。

这几年，我遇到了很多不甘平庸的人，他们特别希望能够做出一番成绩来，但最终真正能够得偿所愿的人其实并不多。

有的人想拍视频，成为大网红，一场直播能够卖货无数，可是一年半载后，视频都还没拍几个。那他在干什么呢？他在担心视频拍了不火怎么办？他被身边的人看见怎么办？他万一不成功被人笑话怎么办？最终他这个计划也就不了了之了。

有的人想辞职创业，拥有自己的事业，实现财富自由，每天到处问别人创业风险如何，什么行业赚钱最快，但到最后也没有开始。

还有的人说要提升认知，可不是担心自己学不会，就是担心自己记不住，最终连一本书都没有看。

事实上，你去拍视频就算不火又怎么样？你会有什么重大损失吗？

你辞职创业又怎么样？你辞去的是多么了不得的工作吗？

你提升认知真的学不会或者记不住又怎么样？你会失去什么吗？

令人痛心的是你本来就一无所有，你还担心失去这失去那。你既没有亿万家产，也没有闻名中外。你若输了，已经没什么好失去的了；你若赢了，却能拥有全世界。

这么简单的一个得失选择题，很多人却不会做，而是陷入虚假的得失情绪中难以自拔，不断内耗！

很多时候，你只要去做就已经成功了一半，用心去做，就成功了大半,全力以赴去做,成功就是早晚的事!

今年我在书房里挂了一幅字,上面写着荀子的一句话:昨日之深渊,今日之浅谈。路虽远,行之将至。事虽难,做则可成。

02
不要美化没走过的那条路

南方春季多雨，连续下了一个多星期的大雨，空气中都弥漫着一股湿漉漉的味道，让人总觉得连衣服都有点儿潮湿。

终于迎来了久违的晴天，我忍不住邀请了几位朋友到家里吃烧烤。大家嗑着瓜子，吃着水果，天南地北地聊着天。

其中一位朋友情绪有点儿低落，说看着我们成双成对的，而她到现在还形单影只，在想当年的决定是不是错了。如果当初她选择了另外一条路，是不是现在也拥有幸福的家庭呢？！

这位朋友不是本地人，原本在西北内陆城市有一份工作，收入不高不低，但有自己的事业追求。后来，她的领导找她说："现在有一个机会，我们要去开发沿海城市的市场，缺一个负责人，如果市场干起来的话,这个人就是华东地区的总经理。如果你愿意过去的话,薪资暂定是现在的3倍。"

彼时她刚刚结婚半年,正是蜜里调油的时候,听到这个消息很是纠结,一边是和老公还在租房的现实生活,一边是充满希望却要和老公两地分居的机会。她老公在体制内工作,如果选择这个机会,两个人两地分隔在所难免。

考虑了一个星期后,最终他们共同决定抓住这个机会。老公说他每个月都会飞过去看她,公司领导也给了她探亲假,尽可能地照顾到她的生活。

就这样,她到了南方打拼。领导很有眼光,没有选错人,她充满激情和想法,带领着一帮年轻人没日没夜地开拓市场,很快就站稳了脚跟。

起初,她老公几乎每个月会飞过来和她相聚,她也会趁着回总部开会的机会和老公相聚。

但是这样的日子只持续了一年,她老公过来得就越来越少了。她问起原因,对方说每个月都飞来飞去的,实在太累了。凭着女人的直觉,她觉得老公对她的热情已经大大下降了。但是她不愿意面对这个事实,只好安慰自己,每个月来回确实很累。

就这样,又过了两年,他们不但相聚时间越来越少,连电话、微信消息也越来越少了。其实她知道他们之间出了问题,但是强迫自己不去想,就当一切都没有改变。

直到外面的女人怀孕找到了她,她再也无法欺骗自己。她不想离婚,但也知道其实这事在自己心里是过不去的,最终纠结了大半年，还是拿了离婚证。

拿到离婚证那天，她在电话里对我哭了半夜，直到我实在受不了，直接开骂。我说："说实话，你那前夫长得真不怎么样，工作也就那么回事，而且你才离开没多久他就出轨了，还说什么老婆不在身边男人就是很容易出轨的。那你老公也不在你身边，怎么没见你出轨啊？可见他操守也不怎么样，就你还把他当个宝。有什么好哭的？回头我们帮你找个更好的人，气死他！"

奈何她的第二段缘分始终没来，中间大家也帮她介绍过几次对象，但她总是懒懒的，要么不是很愿意见，要么见了就没下文。时间久了，大家的心也就淡了。

如今，她单身已经10年了，身家越来越多，却依旧孑然一身。在外人眼里，她一个人住着小别墅，开着名车，不用干家务，不用操心孩子，有假期了就到处去旅游打卡，隔三岔五给我们寄礼物，简直就是潇洒到了极致。

但我知道她骨子里很传统，以前她最向往的就是一生一世一双人，奈何天意弄人。她经常和我感慨：再过几年她可能都生不了孩子了，以后老了会不会晚景凄凉？

我说："不会的，现在是银发时代，等我们到那个年纪，养老产业已经非常健全了。到时候你在高端养老院里唱歌、跳舞、弹琴，日子照样过得诗情画意。"

随着年纪越来越大，她内心越来越渴望有老公和孩子的生活，但因为经历过婚姻的伤，也因为现在事业有成，更加担心男人接近自己是另有所图，迟迟不敢重新开始，或者说没有出现特别令自己心动的人吧！

失望之余，她开始和我回忆过去：如果当初没有选择南下打拼，而是继续在老家工作，她现在是不是已经有了孩子？一家三口过得其乐融融，也许不是特别有钱，但是有另一种圆满生活。

我煞风景地说："不一定哪，如果你当初没有打拼事业，有了孩子后，你可能会被迫辞职，在家里做家务、带孩子，你老公越来越嫌弃你，然后出轨。这时候你离婚吧，自己养不起孩子，不离婚吧，心里和吞了苍蝇一样。然后你人也没有，钱也没有，说不定孩子还看不起你。这时候你可能会和别的宝妈倾诉——'唉，如果当初选择了南下打拼事业，我现在是不是也功成名就了？我好后悔啊，女人真的不能把爱情放在第一位，为男人放弃自己的事业。如果可以重来一次，我一定选择事业，而不是男人！'然后你就灰头土脸地做饭去了！"

她一下子被我逗笑了："你是会聊天的！把我的另一种人生也想象好了，敢情我怎么选都是悲剧呗？"

我说："不啊，如果你老去想象没走的那条路很美好，就容易发生悲剧！"

这些年，我听到很多人质疑自己的人生：如果我当初选择那个热门的专业就好了，如果我当初没有嫁给这个男人就好了，如果我当初没有放弃事业就好了。

选择家庭的人，都在后悔当初为什么没有选择事业；选择事业的人，总觉得亏欠孩子、亏欠家人，会想着，如果当初愿意降低生活要求，其实也不是不能过，为什么偏偏要选择一条如此辛苦的路呢……

其实每一种选择都有缺陷，每一种人生都有遗憾。巷子里的猫很自由，却没有归宿；笼子中的鸟有归宿，却终身失去了自由。

有归宿的时候，很向往自由，有自由的时候却又很想要归宿，但事实上任何选择都有阴阳两面，人不可能同时看见白天和黑夜。大城市包罗万象，却没有片瓦可以为你遮身；小城市现世安稳，却容不下你的梦想。

成年人最大的清醒就是不念过往，不惧未来，站在当下的生活里去想象当初放弃的那条路，是对自己的否定和不尊重。而且，时间之轮永远滚滚向前，从不会倒退，一切假设不过是徒劳，除了消耗自己，别无他用。

可能有太多人向往重新选择，所以这些年重生文很火热，但我每每在想，重生又不是换了个脑子，人在认知不变的情况下，就算重来一次，该踩的坑估计一个都避免不了。你若想成为更好的自己，不要寄希望于重来一次，而是应该去想，如何把现在这条路走得更正确。

没有谁的人生是十全十美的，总有这样那样的缺憾，也许有些人的人生看起来很完美，但他们背后也有不为人知的心酸故事。

成年人的喜怒哀乐皆由心起，你想通了就是海阔天空，想不通就是一世折磨。

永远不要美化那条没有走过的路，如果你真的去走，就会发现这条路也充满挫折和苦难，没那么好走。只因为你没有真实地走过，你便以为此路繁花遍地，一路坦途。

03
做那个先停下来的人

周末回老家,我刚走到路口,就听到有人喊我。我一时没有认出来是谁,她嗔怪地跑到我跟前说:"怎么了,不认识我了啊?又不是十来年没见过面,这不是前两年才见过吗?"

我不好意思地笑了笑,却无法掩饰眼中的惊讶之色。我指着她的头发说:"你这是怎么了,被鬼剃头了?"

不怪我惊讶,先不说才两年没见,她头上白发就多了很多,明明比我还小 5 岁,头发已经白了小半,最关键的是她头上秃了一块又一块,在医学上这叫斑秃,但在我们老家经常用"鬼剃头"来形容。

她郁闷地说:"压力太大了呗。我看过医生了,医生给我开了药,说大概半年会长出来的。"

我问:"你什么事压力这么大啊,是因为工作吗?"

她摇摇头,说:"不是。工作一直就那样,不至于让我头都秃了,是我儿子今年上小学了,我怕他跟不上,给他报了很多补习班,每天东奔西跑,累得要死,晚上还要辅导他写作业。我觉得我只是秃头已经很好了,他们班上有的父母给孩子每周报十个补习班,大人、孩子一起得抑郁症呢!"

我无奈地说:"既然这么做会得抑郁症,那干吗还这样呢?就不能放过自己也放过孩子吗?这种内卷有意义吗?"

她叹了一口气,说:"我也讨厌内卷哪,可是大家都这么干,我不敢停下来啊。唉,好希望大家都别再卷了,让大人、孩子都轻松一些吧!"

前几天另一位朋友也和我说工作太累了,全部都是会,每天跑卖场,腿都跑细了,不知道什么时候是个头。

我说:"你是老大啊!只要你不想开会就可以不开,不想跑就可以不跑啊!"

她郁闷地说:"哪有这么简单哪,公司里是我说了算,那市场是我说了算吗?我不努力,竞争对手还在努力啊,到时候市场都被他们占去了,我哭都找不到地方。"

我问:"那你这么拼命,占领更多市场了吗?"

她"哇哇"大叫说:"你好讨厌哪!你这是灵魂拷问!就是没什么效果我才找你吐槽吐槽的嘛。要是很有成效,我还至于这么郁闷吗?早就撅个腚拼命干了。希望我的竞争对手早日放弃内卷，那我也可以停下来了。"

我很想说：其实不用寄希望于别人都不要卷了，你可以先主动不卷，但我清楚每个人都得靠自己想通才行。

其实作为一个创业者，我内心是十分理解所有坚持奔跑，却又疲于奔跑的人的。

我自己也有一个创业圈子，虽然每个人的事业并没有什么交集，也不存在竞争关系，但大家潜意识里还是会比较，就是希望自己的事业做得更大更好，不希望在聚会时自己是垫底的那一个。

所以在很长时间里，大家都铆足了劲儿在努力，但人毕竟不是机器，时间久了自然会觉得累，而且经济本身就有上行年代和下行年代。

在经济上行之时，虽然工作很累，但是成效显著，在结果的刺激下，大家即便觉得辛苦也能努力坚持下去。但在经济下行之时，哪怕绞尽脑汁，结果依然不尽如人意，所以大家会觉得非常疲惫，希望能停下来，可又担心别人没停，自己先停下来了，万一被甩远了怎么办？

就好比那个著名的电影院效应，有人为了看得更清楚站了起来，然后会有越来越多的人站起来，最后所有人都站了起来。大家看到的画面和之前坐着看的是没有区别的，但因为每个人都站着，所有人看得更累了。

可是谁也不敢先坐下，坐下就看不见了，每个人都在期待别人先坐下，自己好跟着坐下。

可是你再想想，如果人人都这么想，那大家只能一直站着了，总要有人打破这个平衡局面。

我的圈子里最先打破这个平衡局面的是一位做金融的朋友。他做了一件令人"大跌眼镜"的事:他去搞了一个农场,请了一些当地的村民给他种地、养家禽。

而他做什么呢?小青菜收上来了,他和司机开着车,挨家挨户地给朋友们送菜。

西瓜成熟了,自己家根本吃不完,他继续挨家挨户地给朋友们送去。

鸡养大了,会下蛋了,他将蛋一箱箱装好,还是给朋友们送去。前几天我才收到他的5箱鸡蛋,品质还相当不错。

去年过年时,他还送了我半扇黑猪肉,我们家吃到现在还没有吃完。

有了他开头,第二个、第三个人很快就出现了,有的学他的方式也弄了个农场,还有的手笔更大。

大家仿佛一夜之间全部想通了,纷纷进入了"休闲状态",每个人的朋友圈都开始岁月静好。一段时间后,大家纷纷爱上了这种可以自己掌控节奏的生活,一个个红光满面,气色极佳。

我必须承认,这两年我突然想换一种生活方式,也是受他们影响的,因为真的挺羡慕这种不被他人所裹挟的生活节奏。

我忍不住用一个比喻来解释当下很多人的现状。武林中,《葵花宝典》大量加印,人手一册,第一页赫然写着:"欲练此功,必先自宫!"

你要练吧,必须自宫;你不练吧,怕别人学了,自己会被打死。

你觉得两害相权取其轻,还是练吧!

结果就是所有人都去练《葵花宝典》,最终又回到了同一起跑线上。可是大家为了练这个《葵花宝典》,都自宫了。关键是大家练到最后,发现《葵花宝典》背后还有两句话:"如若自宫,未必成功;如不自宫,亦能成功!"

这个比喻是不是又有趣又伤心?

为什么现在很多人活得那么累?因为错把无效内卷当成了有序竞争,其实很多人分不清有序竞争和无效内卷的区别。

一大群农民一起种粮食,有的人采用传统种植方法,用锄头耕地,用粪便施肥,但其中有个人头脑特别灵活,率先使用机械化生产,使自己家的粮食生产效率大大提高了。别人看到后,都开始效仿他,最后人人都获得了更多的粮食,生活过得越来越好了。这种让大家都获益的竞争方式,就是有序竞争。

而无效内卷就是大家都在拼命地投入,产出却没有相应增加,每个人都更累了,得到的东西却没有更多。

很多人觉得越来越累,可是不敢先停下来,都期望别人先停,自己也好跟着停下来,但如果人人都这么想,那么这种状态永远也改变不了。

所以,不要指望别人先停下来,当你觉得这种做法毫无意义的时候,你自己就可以率先停下来。

如果你永远都在对标别人的行为,那么即便大家都停下来了,你的内心也无法平静,因为你会每天观察别人的动静,生怕有人还没停下来,有人又偷偷行动了。

真正的自在感，来自自己可以把控自己的生活节奏！凡是你想控制的东西，其实都控制了你，当你能从心做出决定时，整个天地都是你的。

今年，我不再把注意力放在别人身上，别人成就的大小与我无关，我只关心自己的内心是否充盈喜悦。然后，我发现人真的会慢慢松弛下来。

想想看，这些年我们到底错过了多少人，多少事，多少日出日落？我们还要继续错过这些东西吗？

04
人生是一场马拉松，别在一开始用尽全力

两年前，小A还是一个全职家庭主妇。她敏感地意识到老公对自己的态度越来越差了，嫌弃的意味也越来越浓了，这让她很没有安全感，她急需对生活做出改变。

后来，她在朋友那边看到一本我的书，立刻产生了共鸣，不但关注了我的公众号，还参加了我举办的社群。当她听到我说女人要永远致力于自身成长，才能掌握自己的命运时，她深表认同，也尝试着把自己的困境发给我的助理，让助理转告我。

我鼓励她走出去找份工作，不要等到那一天真的来临了而手足无措，现在一切还可以改变。

她深以为然！

她找工作的过程并不是特别顺利，毕竟30多岁了，她又在家带娃好几年。所以在找到工作后，她除了欣喜，更多的是紧张感。

她特别害怕失去工作，所以十分珍惜这个机会，几乎每时每刻都处于待命状态，生怕领导对自己不满意。

可以说全公司她是最听话努力的那一个，领导也感受到了她的用心，很快就提拔她当了办公室主任。

原本升职加薪是好事，但是她特别害怕自己行差踏错导致领导对自己不满意，所以就打起了十二分精神。

本来办公室主任也是一个部门领导了，手下也有一些下属可用，但她几乎不相信任何一个下属，不是担心下属把工作搞砸了，就是担心下属有野心，夺了自己的权。所以她事事亲力亲为，不敢放权给下属。

最终，她一个人包揽了部门里的大多数工作，每天忙得脚不沾地，加班加得昏天黑地。她也累，也向我求助过，我建议她把工作分给其他人一起做，一个人是做不完的。

但我的建议只能管用一两天，之后她又恢复原状，她老公也因为她忙工作不顾家而对她不满。

但是她这么努力，这么负责，公司领导对她应该很满意吧？

恰恰相反，最初她作为一个普通员工时，工作量有限，她又那么认真负责，领导对她的印象确实很好，否则也不会提拔她，但当她进入管理岗位后，因为事情太多，她经常忙不过来，也时不时出现重要的工作没有及时完成的情况。

其实这也不令人意外，人的时间和精力是有限的，她一个人包揽了那么多工作,怎么可能不出错呢?

于是,领导渐渐对她不满,甚至有时候说她可能更适合自己工作,而不适合管理岗位。

这让她更加紧张,她生怕领导撤了自己,每天担心得吃不好,睡不着,头发大把大把地掉。

其实我很理解她,因为过去的七八年时间里,我也过得挺紧绷的,而我先生完全相反。

他是一个特别会享受生活的人。天气好的时候,他就会张罗着全家人去野餐,而我基本上是换了个地方办公。

有好的新电影上映时,他一定会抽空去看看。以前他老想叫我一起去,见我无动于衷,后面就一个人去了。

遇到假期时,他就策划着去哪里哪里玩;即便没有假期,他也会和朋友吃吃饭,唱唱歌,打打麻将。他特别热爱生活,情绪那叫一个稳定,连家里的阿姨都说,没见过这么热爱生活、情绪稳定的男人。

但我在很长一段时间里,其实很不认同他的生活方式。我觉得你就不能把这些时间用来学习或者继续拼搏事业吗?这是不是太不求上进了啊?

而他也不认同我的生活方式,觉得我从早到晚就是工作工作,一点儿生活情趣都没有,每天过得这么紧张干什么?这简直就是辜负人生。最后我们决定我不干涉他的生活方式,他也不干涉我的生活方式,我们彼此尊重。

当然,他还是会时不时地觉得我傻,问我:"你这辈子真的打算完全献身事业了？"

渐渐地，不知道是年纪到了，还是他对我的影响从量变到质变了，我自己也觉得我过得太紧绷了。尤其是随着我的第一个10年计划所有目标都提前完成，我也想过一下和之前不一样的生活了。

然而有意思的是什么呢？我打算先尝试一下，假如我不是从早到晚工作，我的事业会掉落多少？我决定用一个月的时间去找答案。

于是，在那个月里，我把自己的工作量缩减了一半。

以前我吃早饭特别简单，吃完就继续工作。现在我让阿姨给我准备品类丰富的早餐，慢慢享受一天当中的第一餐。吃完我会在小区散步半小时，去欣赏一簇簇蔷薇，甚至一株株小草，去感受每一个早晨带给我的不一样的感觉。

我以前挺喜欢看小说的，但创业后基本不看了，因为真的没时间。那个月里我给自己找了几本推理小说，彻底放松自己。

我甚至还会抽半天时间预约技师，给我从头到脚做美容，连技师都问我："现在怎么有时间了？"

那我工作不像以前那么努力了，是不是我的事业受影响了呢？

恰恰相反，因为我管公司的事情少了，小伙伴们有了更多历练的机会，一个个飞快地成长，而且比以前更加用心，更加负责。因为很多项目是她们亲自负责了，再也没人给她们依靠了，所以她们自己就努力去做好。

我写的文章、做的课程虽然少了，但是大家说内容越来越经典，忍不住听了三四遍,越听越停不下来。

在我偶尔直播的时候,大家都说:"情姐,你怎么越来越年轻,状态也越来越好了啊?你有什么秘诀吗?"

如果说这些都是虚的,只是主观感受,那业绩就是实实在在的了。因为把自己从工作中解脱出来了,我有了更多的时间思考,那段时间灵感迸发,随便一个点子就让大家拍案叫绝,结果那个月业绩上升50%。助理把数据发给我看的时候,我自己还被吓了一跳,开玩笑说:"看来以前我太努力了,影响了我们的业绩啊!"

当今社会节奏前所未有地快,所以我们每天都忙忙碌碌,像个陀螺一样转个不停,生怕一不小心就被抛弃了,但是这样的紧张焦虑生活真的能使我们过得更好吗?

大多时候,事与愿违。人可以努力去做任何事,但努力和紧张焦虑是完全不同的两种状态,有时候放松下来,反而会充满灵性。不要把紧张焦虑当成努力的一部分,你可以很努力,同时也可以很松弛。

有位著名的教授曾说过,人只有在内心平静的时候才更有创造力。

就好比我们登上舞台,是从容自若地侃侃而谈,更能获得大家的赞赏呢,还是紧张焦虑、手足无措,更能获得大家的赞赏呢?答案是一目了然的。

这两年,我身边很多朋友改变了生活方式,有的去包了农场,有的爱上了旅游,每天都在行万里路,还有的神龙见首不见尾,然而他们的事业不但没有败落,反而蒸蒸日上。

你在某一个特定时期可以全力以赴，比如要举办一场很重要的活动，起早贪黑地忙碌，但每时每刻绷紧的状态不适合人生长跑，只会让自己的生活更加糟糕。

而我也是年过40才明白：低头努力时，也要抬眼看风景，好的灵感大多从天际徘徊的浮云、空中飘落的雨丝、吹过心头的微风中——散落。

只有完全放松时，你才会发现生活为你准备的惊喜；只有完全松弛时，才能激发更多潜能，到达理想的彼岸。

05
别在赚钱这件事上索取情绪价值

自从大家放慢节奏后,聚会就越来越多了,而我也开始热衷于参加各种朋友聚会了,有时候也开玩笑说,因为我们渐渐老了,需要怀旧了。

这不,刚刚春暖花开,就有人组织一场春日宴。大家决定在杭州相聚,在漫山遍野的茶园里喝一杯雨前新茶,约几个好友,在露天的院子里吃一顿原汁原味的农家菜。

被邀请的人基本来了,只除了文倩。我笑着说:"这么好的天气都不出来,太亏了,文倩是不是工作特别忙啊?"

坐在我旁边的一位朋友偷偷告诉我说:"文倩现在混得不太好,估计不太想来吧!唉,她啊,是一步错,步步错,当年要是不那么冲动,现在不知道发展得多好。"

想起当年的事,我也为她惋惜,否则,她的前景不可限量,可能她过得比我们每个人都好。

事情要从十几年前说起,当时文倩能干有冲劲,一位老总特别欣赏她,高薪把她挖了过去,给的待遇比其他人都好,并且打算把她培养成二把手,很多项目让她负责。

文倩工作能力确实挺出色,做出了好几个漂亮的项目,老总对她越发器重。因为工作顺遂和老总信任,文倩也渐渐有了傲气,总觉得自己是特殊的,老板离不开自己,她应该享受更多别人没有的便利。也许她也有点儿小自负吧,总想证明自己是不一样的。

有一年快过年时,工作比较繁忙,大家都还在坚守岗位,文倩提出要提前两天回家。老总问她:"有什么特殊的事吗?"其实这时候如果她找个合适的借口,估计老总也就放行了。

但不知道是太自信了,还是太骄傲了,她说没什么特殊的事,就是想早点儿回家,不然后面人太多了。

老总说:"你是公司的核心成员,其他人都还在岗位上坚守,你身为领导却要提前回去,给员工的感觉不好。你还是和大家一起放假吧!"

结果文倩觉得自己被驳了面子,一怒之下提出了辞职。她原本以为老总会挽留她,给她批假,这样她就可以找个台阶下了。结果,她失算了。老总考虑了半天,同意她辞职,并且很快把接替人员安排好了。

这时候文倩知道玩脱了。其实她根本不想走。她以为自己这么重要的人,老总又一直器重她,肯定会挽留。她甚至在小范围里得意扬扬地说老总不会让她走的,结果老总却直接同意她辞职了。有人劝她和老总好好沟通,把辞职申请给撤回来,没必要因为一点点小事就搞成这样。

但当时的文倩根本听不进去这话,认为老总的行为让她丢大脸了,此处不留人,自有留人处,真的办理了离职手续,骄傲地离开了,打算再找个更大的庙,让老总后悔。

可是,千里马常有,而伯乐不常有,有能力的人未必能遇到欣赏自己的人,尤其是经常遇到欣赏自己的人。

离职后的文倩想找一个比原公司更好的地方,更想找一个比原老总更好的老板,但这谈何容易呢?找了半年后,她不得不去了一家规模略小的公司。

一年后,她又离职了。她觉得这家公司的老板格局小,性格差,太喜欢骂人——她不伺候了。

此后,她又换了好几家公司,但待的时间都不长,不是对公司不满意就是对老板不满意。这时候她有点儿后悔了,因为发现不管是平台还是老板的性格,还是原先的最好。

于是,她有点儿想回去了,也托中间人去试探老总的口风,据说老总听了中间人的话以后,淡淡地说了一句:"算了,就这样吧!"

这位老总的性格很好,但他一旦决定了一件事,基本上就没什么转圜的余地了。

因为连续跳槽,以及经常传出和老板处不来的传闻,大家对她的脾气属于敬谢不敏的态度。这个圈子本来就不大，之后文情换工作就越来越难了，以致越混越差。

而她最初离开的公司的境遇和她完全相反，在她离开之后，老总重新布局了公司，抓住了几个重要机会，招纳了一些人才，同时抓住机会上市了，于是有的人成了千万富翁，有的人成了亿万富翁。有人偷偷帮文情测算过，假如当初没有负气离职的话，她很有可能已经成为亿万富翁，实现财富自由了。也有幸灾乐祸的人说，估计她命里就承受不住这种泼天富贵。

原公司上市，文情不可能不知道，这些话多少也会传到她的耳朵里。谁都看得出来她后悔了，但是她强撑着自己的骄傲面子。所以曾经的圈子，她基本上不接触了，大概看见以前的人，不知道如何面对吧！

她的故事一直让我觉得很可惜，也许当初她不那么冲动，结局完全不一样。

经常有粉丝和我诉说职场中的委屈，比如老板脾气不好、客户太过难缠、同事心机深沉等，我都真心真意地告诉他们一句话："别在赚钱这件事上索取情绪价值！"

如果谁能把这句话听进去，在职场上就能少栽很多跟头；如果听不进去，那唯有时间会让他明白：在赚钱这件事上，要提供情绪价值，而不是索取情绪价值。

我是做女性情感平台的，每天都会收到大量求助信息。说实话，有些求助信息负能量十足，令人窒息，也经常会有人因为我的文章观点和她想听的话不同，而对我激情辱骂。

有粉丝问我:"为什么我每天接收那么多负能量却依然能够笑容满面,不受任何负面影响,状态还越来越好了呢?"

我想得很清楚,这是一个开放式平台,人人都有言论自由,我无法控制别人对我的态度是喜欢还是讨厌。我的工作就是为大家排忧解难,但每个人的认知不同,执行力不同,这些因素是我不能控制的。一样米养百样人,每个人的心性都不一样。

有的人可能在黑暗中看见了你发出的光芒,因为你照亮了他的路而对你感激不已;有的人觉得你的光芒闪到了他的眼睛,让他恼火不已。

甚至有的人在遇见你的那一刻,正好心情特别不爽,所以无差别地拿你出气了。

这些都是再正常不过的事了,我总不能事事计较,要求人人都得按照我喜欢的方式来对待我吧?我既没有这种能力,也没有这种魅力,唯有自度。

很多人说"我来职场不是受气的",这句话是不是很霸气?这个要求过分吗?一点儿都不过分。但人活在这个世界上,谁能不受委屈?你有你的委屈,同事有同事的委屈,老板有老板的委屈。

这个世界很真实,真实得近乎无情,相信每个职场中人都会遇到这样的场景:

明明这件事和你无关,领导开会时却突然把你骂了一顿,事后才知道原来是另外一位同事的过错。结果领导既没有纠正,也没有安抚你,你白白替人受过,实在委屈。

你一直以来勤勤恳恳,认真工作,结果因为一点点小错误就被领导批评了。你在做得好的时候没见领导表扬，一点点小错却被横加批评，怎么想都意难平。

明明是客户自己的问题，对方却上来就对你一通指责，你稍加解释，对方就认为你在推卸责任。大家都是平等的，对方凭什么这么不讲理呢？

可是，我们这么想，只会让自己钻牛角尖。事实上，整个职场是一个大型名利场，是一个供所有人谋生的舞台，谁也不会因为你委屈就心疼你，因为你心理脆弱而对你特别照顾。

飞鸟与鱼不同路，你想要情绪价值，而别人只看你能不能创造价值。

作为一个成年人，你必须明白，赚钱这件事本来就伴随着很多委屈，因为每个人赚的钱当中，除了包含付出的时间和精力，还包括要受的各种委屈。只有极端不成熟的人，才会要求别人在支付你薪水的同时，还要为你提供情绪价值。

如果你恰好在一个很温暖的环境里工作，遇到很多有爱的同事或客户，那是你的福分，而不是常态！

大家请相信一句话：赚钱还需要哄的人，这辈子大抵没什么出息！

06
你读那么多书，不是为了成为谁的太太

某天深夜，那个关注了我两年的男"黑粉"又留言抨击我了。起因是有位粉丝留言向我求助，说她在家已经做全职宝妈两年多了，现在终于找到一份可以兼顾接送孩子的工作，她很想去，但她老公死活不让她去，认为她去工作了顾家的时间就少了，问我怎么办。

我很直接地说："能找到两者兼顾的工作多不容易啊，这还不让你去，这个男人太自私了。你想去就去，管他那么多意见干什么？"

然后这个男"黑粉"留言抨击我破坏人家家庭和谐，大意是，男人反对自然有男人的理由，身为女人她的主要责任就是把家庭

照顾好，女人不能只想着自己，要多为老公和孩子考虑。他说我自己自私就算了，还教唆其他女人自私，居心不良！

说起我和这个男"黑粉"的故事，真的是"源远流长"啊。最初他在我的一篇教女性独立的文章下留言说，我们这群女人失去了贤惠的传统美德，迟早被男人抛弃。

那时他的头像是男性的，然后他被一群女粉丝骂得体无完肤。后来他学聪明了，换了一个女人的头像再发言。但他大概不知道，作为平台创始人，我在后台完全可以看到他的所有发言记录，估计他还觉得奇怪：为什么我每次都能认出他？

从那以后，在两年时间里，他换了各种头像和昵称，在我的文章下面PUA（指在一段关系中一方通过言语打压、行为否定、精神打压的方式对另一方进行情感操纵和精神控制）女性。当然，基本上是以他被骂成筛子结尾。因为我也挺"坏"的，会告诉大家他就是之前的谁谁谁，伪装成女人了。

但我也从来没有想过把他拉黑，有时候平台里留着这样一个人，也挺有意思的，毕竟他也代表了极少部分男人的想法。

这两年经常有粉丝和我说："晚情姐，以前的你很犀利，但是现在感觉你越来越悲悯了。"

其实我还是那个我，该犀利的时候始终犀利。但是年纪越大，我就越心疼女性。我知道很多女性日子过得很压抑，她们有很多苦楚。除非实在恨铁不成钢，否则我真的不愿意对她们犀利。

女人这辈子真的很不容易，仅仅想做自己就已经拼尽全力了，因为社会赋予了女人很多角色，她们有哪个角色没有做好，就人人都可以指责她们。

如果一个女人结婚后忙着建设小家，没有按父母的预期回报娘家，那就是嫁出去的女儿泼出去的水。

如果一个女人结婚后没有以家庭为重，那这个女人自身的能力再强也是被人诟病的。

如果一个女人有了孩子后不肯放弃自我为家庭牺牲，那更会被打上自私的标签。

事实上很多女性已经忘了自己。我有几百万女性粉丝，有时候我会在后台看她们的名字，有相当一部分粉丝的昵称是某某妈妈，头像也是孩子的头像，一看就是特别愿意为家庭、为孩子付出的人。可是，她们往往是日子过得最差、求助最频繁的一群人，因为她们大多已经没有了自我。

任何人都可以鼓励女性为了家庭放弃自我，这个人也许是你老公，也许是你孩子，也许是你父母或者整个大环境，但是你自己要清楚，你不能放弃自我。

以我自己为例吧，我是一个在意自我的人，从来不会因为结婚或者孩子而改变这一点。

记得有一次，我和先生参加一个商业聚会，席间大家相互敬酒，当时有位男士向我敬酒，我坐在位子上专心吃菜，直到被旁边的人提醒才反应过来，连忙拿起果汁回敬。

他笑着说："是我打扰你冥想了吗？"

我很诚实地说："我不知道你在叫我，一时没有反应过来。"

他惊讶地说："我叫你C太太有什么不对吗？这里就你一位

C太太啊！"

我笑了笑，说："你没叫错，就是我习惯大家叫我晚情，很少有人叫我C太太，所以我真的一下子没有反应过来。"

其实不只"太太"这个称呼，我在现实生活里，也不太喜欢别人叫我某某妈妈，基本会让大家叫我的名字。我更习惯也更喜欢别人直接叫我的名字。

我也很直白地告诉大家，叫我的名字，才让我觉得我还是我自己。

一开始，有的人不能接受我这种做法，大概女人太过自我对很多人是一种挑衅吧！大家更容易接受一个传统的女人，尤其是在十几年前，我这种做法简直约等于让男人没面子。这也就解释了为什么文章开头有男黑粉坚持不懈地抨击我。

也经常有人不怀好意地问我先生，娶我这样的老婆是不是特别亏，因为我肯定不会把男人照顾得舒舒服服的。

一开始，先生也觉得有那么一点点别扭，但是现在觉得这样的模式特别轻松。我从来不会干涉他的自由，也不会对他唠叨，更不会每天追查他的行踪。

他想去做什么，我都会支持他；他不想去做什么，我也不会勉强他，更不会像个债主一样每天要他回报我。

很幸运，这么多年以来，我一直可以做自己，内心也越来越强大。

我一直觉得，一个社会最大的文明和进步，其实就是让女人做自己，而不是用很多身份去绑架她，这才是真正的多赢局面。这世上的得失从来不会遗漏任何人，所有的礼物都暗中标好了价格。

为什么很多女人喜欢说"我为你付出了这么多,你应该如何如何对我,否则就是狼心狗肺",大概也能找到解释了。

因为她们确实牺牲了很多东西,自然需要很多回报来平衡自己内心的失落感。这世上哪里有真正不求回报的付出行为呢?最终男女双方落得两败俱伤的结局。

我曾经看过一篇张桂梅校长的采访,她曾拒绝接受一名成为全职太太的学生的捐款。她认为女性应该有自己的事业,而不是仅仅围着家庭转,所以拒绝接受这名学生的捐款。

这件事引发了关于全职太太角色和女性自立的广泛讨论,有人认为她的观点过于绝对,也有人认为她是为自己学生的未来担忧。而被她拒绝的学生理解她的苦心,最终重新回到了职场上。

很多女人认为变漂亮、变温柔,得到男人的爱,拥有幸福的婚姻,就是人生圆满。

但那是世俗的标准,也许并非你内心的标准,圆满从来不是别人给你的评价,而是你发自内心地感到满足。

这种满足感体现在你不会时时怀疑这辈子的意义,不会突然间被失落情绪击溃,不会陷入迷茫状态无法自拔。人生最大的意义就是找到自我。

其实很多女性想做自己,但是内在的力量不够。她们担心老公不满,孩子不理解,在意别人的评价,最终为了让所有人满意,去扮演一个个别人要求她们扮演的角色。这些角色里,唯独没有她们自己。

可是，你读了那么多书，学了那么多东西，真的不是为了成为谁的太太、谁的妈妈。你最重要的是做你自己，实现曾经的梦想，拥有独一无二的价值，这才证明你来人间这一趟非常值得。不要让你的能力和见识最终被困在那小小天地里，甚至到最后，你都不知道自己是谁。

07
一位萍水相逢的司机有个英雄梦想

某天一位朋友约我谈事,我在滴滴平台上叫了一辆车。

几分钟后,司机把车停到我面前后,第一时间下车帮我开门。说实话,我这辈子第一次在打车时遇到帮我开车门的司机!可能我的经历还不够多吧,总之我瞬间就对这位司机印象很好!

上车后,我发现他的车特别干净,座位旁边放着一瓶矿泉水,然后他周到地问我,车里的温度合不合适,是需要调高还是调低。我忙说,可以可以,不用麻烦了。

他笑容满面地问我:"这个小区的环境真不错,这里的房子不便宜吧?"

我说:"其实这里的房子很便宜,估计是全市最便宜的了!"

他很惊讶地说:"为什么啊,这里风景挺好的,我刚才开进来的时候还在想,等有钱了,我也想住到环境这么好的地方来!"

然后他自嘲地笑了笑:"不过靠我开车挣钱的话就要到猴年马月了。"

我认真地说:"你可千万别买这里的房子,这里的房子一点儿都不好,之所以便宜是因为只有40年产权,还有质量也不好,我还想着卖掉呢!当时我就是喜欢这里有山有水很安静,没考虑其他因素,冲动了!"

他说:"那现在房子可能不太好卖,行情太差了。"

然后他问我干什么的,我说没干什么,无业游民,家庭主妇。

他可能觉得我这么回答是出于防备心,连忙说:"我没有别的意思。其实我以前不是开网约车的,疫情的时候我们公司倒闭,我就失业了,重新找工作因为年纪比较大了,整体就业情况也不好,找不到好的,送外卖体力也不行,最后就选择了开网约车,毕竟好的时候收入也有2万左右一个月。所以我就喜欢问问客人是干什么的,也想了解了解现在的行情,看看有什么新的机会。我开车每天会遇到很多人,客人是不是家庭主妇其实我一眼就看得出来,你肯定不是家庭主妇啦!因为你说话虽然很温柔,但有一种不容置疑的底气。"

我也不想继续敷衍,就说我算是一个自由职业者吧,在网上给别人讲课的。

然后他开始和我聊趋势,或者说他的梦想。他说以后是银发经济时代,其实他最想做的是开一所养老院或者老年大学。

我惊讶地说:"这个成本可不小啊!"

他惆怅地说:"是啊,我没有那么多本钱,只能先把车开好。不怕你笑话,我每次到那些高档小区接客人时,就特别想和客人聊聊天。我觉得人家能赚到钱,认知肯定比我高,我多请教、多咨询,就能提升我的认知。虽然我也不知道什么时候才能实现我的目标,但是做人有目标总比没目标好。"

我突然有点儿百感交集。这些年不管是在公众号后台还是在现实生活中,有太多的人和我倾诉日子不好过,大环境不好,但大多数人只是抱怨,而不努力。可是这个司机,虽然也迷茫和惆怅,但是我能感觉到他在用心做事。

首先,他开车很认真。他把本职工作做得很好,也是因为他把本职工作做得好,给人的感觉很舒服,所以我愿意和他多聊。其次,他没有放弃过其他可能性。我只是芸芸众生中他的一个乘客,可是万一哪一天他真的遇到一个欣赏他、投资他的贵人呢?谁能说清人生的下一个转折点在哪里呢?最后,他一直都没有停止过学习,自己想方设法地以自己的方式在学习。

从他身上,我看到了一个中年人努力生活的样子。所以我很诚恳地说:"你做养老行业的话一定会做得很好的。你有服务意识,性格也挺好,非常适合这一行业。"

他很高兴地说:"真的吗?我现在就是不知道如何才有机会开始。"

我忍不住建议道:"可能你们开车每天都很忙,偶尔有时间的话都需要休息调整,如果有空的话,我觉得你可以去养老院或者老年大学做做义工，近距离地接触一下这个行业，毕竟我们要从事哪个行业得先去接近这个行业啊。然后如果你真的很有热情，也许就会有人发现你，比如对方想开分院啊，想找一个管理者啊，也许就看到你了。我只是打个比方，但有机会总比没机会好！"

他连连点头说："你说得对，我找机会去试试，总得主动去寻找机会，不能等机会来找我。"

车子很快到了目的地。他递给我一张名片，说："我知道加微信很唐突，如果你下次需要用车，可以拨打上面的电话，送机场、跑长途我都可以的。"

虽然我们只是萍水相逢的陌生人，但是我看到了一个中年人的用心和追求。

这些年很多人在经历天命考验，接下来的几年里，可能会有更多人需要经历天命考验。

大多数人停留在抱怨和躺平的生活中，只有少数人默默接受了天命考验，用自己的全部心力让自己有一个好结果。每次看到这样的人，我总会被感动。

于这个世界而言，他们很渺小。可是他们又百折不挠，努力让自己强大，这种生命力总会带给人力量和温暖。现阶段就是太缺乏这种力量和温暖了，人心浮躁，大家急功近利，但依然有一群人在用心做好自己的事。

以前很多人把我当成晚情老师或者晚情姐，每天都会有很多人向我咨询，现在很多人已经把我当成王八了——就是庙里许愿池里趴着的那种，每天都是问我什么时候能遇到贵人，什么行业能赚大钱,恨不得跳过所有环节直接暴富。

但是,不管是成长还是赚钱,从来没有一蹴而就的办法,尤其是前期积累阶段,你要做的事就是又苦又累又烦琐,这是每个白手起家的人必然会经历的阶段。

但是越来越多的人不想经历烦琐阶段,只想直面繁华,不想经历风雨,只想风光无限,不想埋头付出,只想抬头摘果,不想提升能力,只想满足欲望,然后越来越迷茫和焦虑。当你愿意经历烦琐阶段,你自然会迎来瓜熟蒂落的那一天。

08
无论你活成什么样，都会有人对你说三道四

在一个紫薇花开得无比热闹的季节里，朋友晓语离婚并回国了。她是悄悄回来的，没有通知任何人，但也不可能不和人接触，所以打电话告诉了我。

她小心翼翼地问我："我离婚这事你怎么看？"

我叹了一口气，说："这是你的私事，我能怎么看呢？而且我的看法并不重要。"

她嗫嚅着说："那别人怎么看呢？会不会觉得我被人抛弃了，不得已回国了，看我的笑话？"

我说："日子是自己过的，你管别人怎么看你干吗？人生在世，谁不被人说呢？"

晓语拜托我先不要告诉别人她回来了，怕别人笑话她。

我说："那你打算躲起来，不和以前的人联系了吗？大家迟早会知道的！"

她没有吭声！

我忍不住想写写她的故事，还没开始写，就忍不住叹息了。

晓语虽然出身普通，但是特别会长，完美避开了父母的所有缺点，集父母所有优点于一身，是大家公认的美女。

但人嘛，有的喜欢欣赏美好的人和事，有的却忌妒美好的人和事。从小到大，晓语收获了很多人的喜欢，因为漂亮的女孩子总是备受关注的。

但她也承受了不少恶意，比如有人会阴阳怪气地说，漂亮的女孩子一般学习成绩不好，因为她们早早被人盯上了，然后早恋，荒废学业，再举例说历史上的美女基本上没什么好下场，因为红颜薄命。

这些话如果听者不当回事，其实也没什么，晓语却听入了心。她特别在乎别人的评价，不希望别人说她只有长相，没有文化，所以从小到大没有谈过恋爱，一门心思扑在学习上，最后考上了名牌大学。

过于在意别人评价这件事，其实到这里，对她反而是有利的，但接下来的事对她而言几乎就是灭顶打击了。

晓语进入公司后，老板的儿子恰巧留学回来。虽然他中学就被送出国深造了，但骨子里还是喜欢东方女性含蓄的美。他对清纯的晓语很有好感，利用身份之便，和晓语分到一个部门，热烈地追求她。

晓语对他也是动心的。毕竟一个家世优越、深具绅士风度的男性追求自己,她能不心动吗?

但是这时候风言风语来了,有人说有钱人家的儿子都花心,他们讲究的是门当户对,但是在结婚前喜欢玩够本。公司里的漂亮女孩子啊,外面的女学生啊,就是他们的首选,很多人以为他们是真心的,最后都被玩弄了。

也有人说晓语心机深重,妄想飞上枝头变凤凰,别看平时装得清纯,其实内心里虚荣拜金得很。

本来晓语不理会这些闲言碎语,好好和对方恋爱结婚,等成了老板的儿媳妇,这些人自然也就闭嘴了。

但晓语没有这么强大的内心,而且本身就很在意别人的评价。她愣是拒绝了这份感情,态度坚决地说"我们差距太大,不适合在一起"。

老板的儿子又努力了几次,并且表示自己不介意身份差距,自己的父母也不会特别在意,只要人好就行,但晓语不为所动,甚至辞了职。

我当时听到她拒绝对方并且辞职,简直惊掉下巴:"这太莫名其妙了吧?"

但她认真地说:"我不想别人说我靠美色去勾引有钱人,这个公司里的人太喜欢说三道四了,我想换个环境,何况有钱人大都不专一。"

我说:"大姐,有人的地方就有江湖。你换多少个地方都是差不多的啊！而且为什么有钱人就一定不专一呢？"

我还给她讲了一个故事。

一名女大学生,被一个富家子弟死缠烂打地追求。女生已经有男朋友了并且两个人感情很好,为了摆脱富家子弟,干脆把自己剃成光头,传出自己得了癌症的消息。

令她意外的是:她男朋友得知消息后竟然相信了,并且悄悄地离开了她。富家子弟得知消息后对她说,哪怕倾家荡产也要为她治病!

女孩被富家子弟的真情和善良感动了,最终有情人终成眷属!

但晓语当时脑子一根筋,坚持认为自己的选择才是清高有骨气,觉得自己人品特别高尚,重情重义,不慕虚荣,搞得大家都很无语。

晓语离开后,那个少东家失落了好久,直到3年后才重新恋爱结婚。婚后他温柔体贴,疼爱妻子,没闹出过什么绯闻。晓语得知消息后,可能会遗憾也会后悔吧,因为此后这个人成了她的谈话禁忌。

后来,她谈了一个男朋友,对方是个人性高手,深知晓语的人性弱点,一步步操控她,比如跟她说"我知道很多漂亮女孩儿爱慕虚荣,但是你绝对不是这种人""现在很多女人没有真情,但是你不是这样的"。他也会把自己的真实目的通过"别人"的话告诉晓语。

我当时一听就知道这个男人不行,很直接地和晓语说:"一个男人是不是真的爱你,别看他说什么,你得看最终得利的人是谁。用这个标准去衡量男人,基本万无一失。"

但这个傻姑娘转身就把我的话告诉了对方。对方说:"你别听晚情的。肯定是公众号平台里每天向她求助的不幸女人太多了,她看多了渣男的案例,所以觉得谁都是渣男!她这是职业病啊!"

之后,这个男人就很警惕地防备晓语和我接触,而我也生这个傻姑娘的气,不想多管她的事。

后来,这个男人被派遣出国,晓语从来没有想过出国,内心是不愿意去的,但这个男人很聪明,发动身边的人给她洗脑,什么"女人肯定要跟着男人走的!现在的女人太自私了,男人好了你也好了"。

她本来就不是一个意志坚定的人,很快就同意了,和这个男人领证后出国。

一开始到了国外,晓语很不习惯,还经常和我们联系,但后来就自顾不暇了。因为在国外晓语举目无亲,这个男人也渐渐对她不好了,有时候甚至称得上恶劣。比如在国外他突然把晓语一个人扔下,对晓语生病发烧也不管不顾,晓语想要个孩子,但这个男人认为晓语是想拿孩子要挟他,以时机不到为借口不同意。

到了后来,这个男人甚至有家暴的行为,可能觉得天高皇帝远吧。其实到这里也并不算走到绝境,晓语离婚就可以了。

她内心也想离婚,可是担心自己结婚没多久就离婚,别人会在背后说自己,又担心自己在大家羡慕的眼光中陪老公出国,却离婚回国,会被别人取笑。

所以她经常在网上旁敲侧击地向我打听大家都是怎么说她的。

我说:"大家都很忙,哪里有空天天关注你?再说了,被人说不是很正常吗？谁不是天天被人说呢？你看看我，是不是也经常有人说我不贤惠，太强势？还有人说我冷血无情，以后断六亲呢，我要是都在乎的话，都不用活了。"

她讷讷地说："我不像你啊，你内心强大啊！"

但最终她不得不离婚，因为那个男人攀上了高枝，毫不犹豫地选择和她回国离婚。晓语最终还是得独自面对所有的风风雨雨。

这世上，有很多人是通过别人的赞美和认可来证明自我价值的。为了持续获得这种认可，他们只好努力地去迎合外界的要求，忽视真实的自我感受。

但即便他们已经这么努力地去迎合他人了，最终也不可能实现被所有人认可的愿望，因为每个人的标准是不一样的。

有人认为结婚的人都是傻瓜，一个人生活不香吗？为什么人一定要进入婚姻的坟墓呢？

有人认为不结婚的人太短视，没有孩子怎么办，老了怎么办？不结婚的人现在是高兴了，以后肯定后悔。

有人认为婚姻不幸福离婚是正确的，何必在痛苦的婚姻里苦苦煎熬呢？

有人认为即便婚姻不幸福也不可以随便离婚，这样太自私了，何况下一个对象就一定好吗？

看吧，不管你怎么做，都不可能符合所有人的要求。我很早就明白这一点了。所以既然无法让所有人都高兴，那我就选择让自己高兴。

我很喜欢村上春树的一段话："不是所有的鱼都会生活在同

一片海里。人各有不同,无论遇到什么样的人都不稀奇。无论活成什么样子,都会有人说三道四,这个世界我们只来一次,看喜欢的风景,做喜欢的事,你不一定非要活成玫瑰。你愿意的话做茉莉,做雏菊,做向日葵,做无名小花,做千千万万。"

09
当你懂得爱自己，万物皆流淌过你的爱

今年医生说我颈椎上的问题越来越严重了，一定要注意，最好多动动。而我生平最讨厌运动，尤其是剧烈运动，但健康问题也不容忽视，所以我增加了每天早上和傍晚绕着小区的人工湖散步半个小时的轻运动，效果非常不错，除了身体得到放松，心情也愈加好了。

这天，我照常出去散步，接到一位朋友的语音电话。其实我有点儿不想接，因为她"内耗"太重，负能量扑面而来。但她锲而不舍地打，最终我还是接听了。

果然，她又开始和我倾诉各种不如意的事，比如职场中的不公平待遇、老公的冷漠态度、公婆的生活习惯、孩子的不配合等。

我说:"亲爱的,这个世界上任何人都可以不爱我们,但是我们自己要爱自己啊。你老是纠结这些不开心的事,不但影响心情,还影响身体健康,何苦呢?"

这话我已经和她说过无数遍,大概终于由量变到质变了吧!她若有所思,说她明白了,她这辈子之所以这么郁闷,就是因为不够爱自己,从此以后她要好好爱自己。

我以为她真的明白了,也挺为她开心的。之后一段时间她没有再找我,但是经常会在朋友圈里发一些要好好对自己的感言,偶尔我也给她点个赞。

过了一段时间,她又打电话给我,说她这段时间每天给自己买衣服和护肤品,还去做了头发、美甲等,可是仅仅开心了一会儿。现在这种开心的感觉越来越淡,她不知道如何爱自己。

我以前一直认为爱自己是本能,毕竟人性都是自私的,但有一次在直播间说起这个话题,很多人问我"什么叫爱自己,爱自己要怎么做?"还有人问"爱自己是不是经常给自己买衣服、首饰、包包"。

那时候我才明白,其实很多人不懂得如何爱自己,还有很多人对爱自己的理解停留在买各种东西上。

当然,这也没错,大多数人最初爱自己的方式确实是物质宠爱,我也经历过这个阶段。

以前工作很忙,无暇享受生活的时候,我会隔三岔五给自己买东西,以显示我对自己很好。事实上,那些被买回来的东西,我大多不用,也就摆在那里看看。一段时间后,我就觉得挺没意思了,因为这种快乐感是递减的,次数多了我甚至会觉得无聊。

生活中很多人知道要爱自己,但真正能做到爱自己的人很少,大多数人不管愿不愿意,终其一生都在为别人的期待而活,小时候为了父母的期盼去学自己根本不喜欢的才艺,长大后为了得到老公的认可而被迫做一个贤妻良母,后来又为孩子付出了所有。

她们扮演好了女儿、妻子、母亲的角色,唯独忘了最重要的身份:自己!

可是每个人都有自我,当失去自我太久了,这个人就会迷茫、痛苦、不知所措,所以一个人爱自己最重要的一件事就是找到自己。

卓别林在《当我真正开始爱自己》中写道:"爱别人很容易,爱自己却很难。当你开始真正地爱自己,才会知道,什么是真正的人生。"

你要去做自己喜欢的事,而不是别人希望你做的事,因为别人希望你做的事,你做得再好也感受不到多少快乐!

我这辈子最幸运的,并不是我一创业就成功了,而是我成年以后做的每一件事几乎都是我自己喜欢的。

我从小喜欢写作,几天不写就难受,后来选择辞职写作,最终成了畅销书作家;我喜欢分享各种认知,所以做了社群。

所以过去这些年,辛苦是有的,但我在精神上是很快乐的。以前很多人认为我特别自律,我自己也是这么认为的。我还写过一本书叫《越自律,越自由》,这本书受到很多人喜欢。

但是这两年我一直在问自己:我真的有那么自律吗?我真的有对抗人性的强大意志力吗?

从结果而言，我确实做到了十几年如一日的自律。但是我不得不告诉大家真相：我之所以能够一直坚持下去，是因为我在做的事情都是我自己喜欢的，热爱可抵岁月漫长。假如换一件别人一定要我做的事情，我觉得我大概率是无法坚持做下去的。

人唯有遵从内心的感受，才会与自己和谐相处，不攻击自己。

我记得有一次，先生带我出去应酬，席间有一个人特别浮夸，言语之间不断贬低女性，大有女人不过是男人的附属品的意思，所以从头到尾我都不愿意搭理他。

回去的路上，先生教育我说："我知道你不喜欢那个人，其实我也不喜欢他，他太肤浅了，但是你不要把对他的不喜欢情绪摆在脸上啊，面子工程还是要做一下的。"

我不以为然地说："他说那些话也没有考虑到在座的女性听了是不是高兴，那我为什么要管他高兴不高兴呢？我就是不喜欢他，不想伪装。"

他无奈地笑了笑，说："其实你这样也不错，喜欢一个人，表现得很明显，不喜欢一个人，也表现得很明显。我是做不到的，你比较遵从内心。"

一个人如果不遵从自己内心的感受，就会过分内耗，因为言行不一是一件很痛苦的事，心里明明讨厌一个人，还要维持表面关系，内心是不爽的。

当然，我并不是说当我们不喜欢一个人的时候，一定要闹得尽人皆知，只是觉得还是可以做到远离这个人的。

我不赞成爱自己的方式全部都是买东西，但也不反对用这种方式宠爱自己，毕竟我们都活在凡尘俗世中，拥有心仪的东西时自然是快乐的。

如果让自己长期处于物质匮乏的环境中，人就会产生强烈的委屈感，比如经常有女人说"我已经3年没有买过新衣服了，一部手机已经用了5年了"。

这些女性之所以这么节俭，难道真的是因为家里穷得连件衣服都买不起了吗？是她把所有人的需求都排在了自己的前面——老人的养老问题、老公的体面问题、孩子的教育问题，所以她只能苛待自己，无视自己的需求。但女人嘛，哪里有不喜欢漂亮事物的呢？时间久了，这样的人自然委屈丛生。

其实只要你的要求不是特别过分，你应该及时满足自己。宠爱自己的感觉是非常美好的，被宠爱过，你会得到源源不断的动力，让自己更加努力，这是一种良性循环。

很多人一开始爱自己的方式大多是无止境地满足自己的物质需求，但是一段时间后就会慢慢明白，爱自己就是接受全部的自己，不管是活泼开朗的自己，还是消极悲观的自己，不和自己产生对抗情绪，不质疑自己，不否定自己。

爱自己的人是很有魅力的，懂得和自己好好相处，随时觉察自己的内心，看清自己的追求，并且勇敢地成为自己。

当一个人做到了这一点，那么他的所有能量都会回到自己身上，随之呈现的就是一种令人无法忽视的吸引力和若即若离的魅力，让人产生强烈的想靠近他、探索他的欲望。做自己的人注定风华绝代。

这些年，我做女性社群遇到了很多优秀的女人，但她们总是严重自信不足。我夸她们真的很优秀，但她们会立刻否定自己，并且列举出自己哪里哪里不好，比如不擅长交际、不是很会说话等。

我身上也有一大堆缺点，但这不影响我很爱我自己。任何人都可以不爱你，但是你自己得爱你自己啊。爱自己这件事既浪漫又开心，你何必纠结那些不完美的地方呢？

当你接纳不完美的自己时，你给予自己的爱才是豁达而珍贵的，因为你明白了爱自己的真谛。当你有了自爱的能力时，你的爱才会源源不断地流向别人，你身边所有人都会受益，甚至天上的一片云、路边的一朵花、清晨的一滴露珠、夜空中的一颗寒星，都流淌过你的爱！

10
渔夫出海前不知道鱼在哪儿,但依然会出发

我吃完晚饭在小区里散步时,朋友打电话给我说,她有个亲戚想做自媒体,我在这方面比较有经验,她亲戚想来找我取取经。

我回她说:"没问题,我这会儿在散步,我们可以一起走走。"

朋友和我住得很近,十几分钟后她们就到了。她亲戚看到我很兴奋,说自己好想做自媒体,但是没有经验,总算找到个可以请教的人了。

我示意她有什么问题可以随便问,不用客气。

她问我是不是一写文章直接就火了。

我失笑道:"怎么可能?我在文章火之前,已经专职写作好几年了,之前陆陆续续也写过不少文章。买彩票还有可能靠运气,

写文章只能靠积累。"

她又问我现在做公众号有没有前景,我说比以前难度大多了,但是做成的人还是有,基本上就是内容创作非常厉害的。

她想了想觉得自己在写文章上可能没什么优势,也不想天天写得那么累,感觉还是拍视频轻松。

她问我多久才能起号,花多少精力才能做起来。

我觉得她有点儿急功近利:"这个因人而异,需要靠你的表现力、文案,甚至包括一部分运气决定,谁都说不好的。"

但她不放弃,一定要我说出个大概时间,比如她做多久会成功,大有那种如果谁能保证她能成功,她一定会好好做,但如果没有人给保证,她就不确定要不要做了的感觉。

如果是以前,我可能会很无语,但这些年遇到太多类似的情况了,反而只是笑笑。

很多人做事有一个惯性思维,那就是自己去做这件事会不会成功,如果会成功,就会去做,如果不会成功,就不去做。

这种想法初看似乎没什么问题,但在做一件事之前,谁敢轻言成败?能不能成,唯有你做了才有答案。

我忍不住想讲讲一位朋友的故事。

十几年前,我在某部小说里提到过一个品牌,但我实际并没有见过这个品牌,就在网上搜集了很多这个品牌的信息。可我还是怕描述时有什么不对的地方贻笑大方,就决定实地考察一番。

我搜到这个品牌的地址之后,就跑过去了解了。说实话,当时的我根本不是这个品牌的消费人群,过去的时候也有点儿忐忑。

到了该品牌的展厅里，可能是中午吃饭时间吧，展厅里只有一位经理模样的人坐着。我鼓起勇气进去了，也坦诚表明了来意。

她笑着给我泡了杯咖啡，然后坐下和我聊了一个多小时他们的品牌故事和产品特点等。

就这样，我们成了朋友。那时候她只是店里的一个销售人员，而我还没有开始创业，谁也不知道未来会如何。

中间我们很少联系，毕竟他们的品牌不是我消费得起的，老是去我也心虚。

后来有一次她无意中告诉我，她一个人的销售额是总销售额的80%，我当时很吃惊：这是妥妥的销售冠军啊！

后来我自己做电商了，又去拜访过她一次，这次不是为了了解品牌，而是去向她取经，没想到她已经升职了。

她也毫不吝啬地分享了她的经验。

她说："你看我很聪明吗？我肯定不是聪明的那类人。所以我就告诉自己，既然我不是聪明人，那我就要更努力啊，勤能补拙嘛。我比别人更用心、更努力，才有可能超过别人。

"但最重要的并不是这些，比如我们在争取一位客户的时候，有的人知道客户已经和别人谈得差不多了，就直接放弃了，但我不是。

"我给你讲个故事吧。几年前，我们在争取一位北京的客户，但客户更喜欢的是另一个品牌，那个品牌的人已经把电子合同发给他了。大家都认为争取这个客户没戏了，可我不这么认为。我觉得只要客户还没有签合同，那我就有希望。我联系了那位客户好几次，但客户一直说没有时间。我说'我知道您很忙，我只是想见您一面,和您聊聊我们的品牌。即便这次不能合作,我希望下次您有需要的时候,能够考虑我们'。

"然后客户说他明天就要飞去国外,大概会在机场候机一个小时,只有这个时间了。然后我连夜买了机票飞到北京,在机场等那位客户。客户见到我连夜从浙江赶到北京,很惊讶,也有点儿动容,所以就在机场贵宾室听我介绍。我同时把纸质合同也带了过去,他听我说完,就和我签下了合同。他说虽然别的品牌已经给他发了电子合同,但只要他还没签,他就可以重新选择。他觉得和我们合作更放心,指定由我负责此事。后来这么多年他就只信任我,什么事都由我过目他才放心。

"当时很多人也有机会的,但他们都认为肯定没什么希望,而且还要去北京这么远,都放弃了,只有我去了。集团领导听说这件事后就给我升职了。"

她和我讲这个故事时,脸上挂着柔和自信的微笑,仿佛在看当初勇敢出发的自己。

好几年过去了,现在她已经成为集团总经理了,回想她的成功之路,我欣赏也感慨。

诚然,她确实如她所说并非特别聪明,但给人的感觉永远都是积极努力的,最重要的是她身上有那种不计得失、勇敢去试的特质。

就如北京客户这件事,她去之前并不知道她一定能够签下这个客户,毕竟客户已经收到另一个品牌方的电子合同了,她的机会很小,但她没有去想这些事,而是想着"我要去试一试,万一成功了呢"。最终，这件事成了她的人生的转折点。

稻盛和夫说过："渔夫出海前并不知道鱼在哪儿，但还是选择了出发，因为他们相信会满载而归。"人生很多时候，我们是选择了才有机会，相信了才有方向。

猎人打猎之前不知道猎物在哪儿，但是依然会出门，因为他们知道上山了才有可能捕获猎物。他们不是有收获才上山，而是上山了才有收获。

我们在人生中，每天也在出发，不知道努力会成功还是会失败，只知道努力奔跑要比原地不动好。

很多事看起来希望渺茫，但认真去做也许就成了，你为什么一定要别人给你定心丸呢？即便别人自己去做这些事，他都不知道能不能成功，怎么预判你的未来？

这世上的聪明人越来越多了，人聪明了就不愿意为不确定的事投入太多东西，生怕自己竹篮打水一场空。

但任何事情，本来就有成败两面，你想失败很容易，但成功绝不是随随便便就能出现的结果，需要勇敢去尝试，抛开所有杂念，放下权衡得失之心。你如果用一种近乎憨傻的精神去努力，大抵结果会是好的。

我曾经写过，为什么很多聪明人输给了笨人呢？因为越聪明的人越想快速求成，越权衡得失，最终很多事情不会开始，而憨憨的人不管这些，没有那么多想法，不敢自命不凡、急于求成。他们大多愿意笨笨地坚持，用韧劲和长年累月的努力不断耕耘，最终缔造一个个令人钦佩的奇迹。

II
午夜梦回,你最爱的人是谁

一个暮春的午后,我正在练一首很中意的曲子,突然接到女友 Y 的电话。

她说:"亲爱的,我最近经历了一些事,如果告诉别人的话,他们肯定会说我疯了。我觉得只有你会理解我,不会骂我,毕竟你是情感作家。不管有没有空,你一定要出来,我快憋死了!"

Y 是一个事业有成的女强人,这些年雷厉风行,很快就在自己的领域崭露头角,鲜少会有这么情绪失控的时候,我当下便和她约好了地方。

说起来我们快一年没见了,大多是在微信上聊天,因为彼此都很忙,聊得并不多,最近一次聊天已经是几个月前了。

看到她的时候，我有点儿惊讶。这些年为了"御下"，她已经把自己打造成一个风格比较凌厉的女人，鲜少出现这种小女儿情态，当下我更加好奇她要和我聊的事。

服务员刚送上甜品，她过去把门一关，就定定地看着我说："King 要回国了！"

我想了几秒才想起来她说的是她的初恋男友，之前这个名字在她那里是禁忌，谁都不许提。

看到我惊讶的眼神，她继续说："事实上，我们一个月前就联系上了，是他找我们共同的朋友拿到了我的电话号码，然后我不知道怎么回事，就通过了他的好友申请。这个月我们经常聊天，他在美国离婚了，打算回国发展，下个月就回来了。他在消息里表示了想和我继续的想法……"

我问："那你的想法呢？十几年了，你对他还有感情吗？"

她很肯定地对我点了点头："亲爱的，既然把你约了出来，我就不想瞒你。我一直以为我已经放下他了，毕竟已经过去十多年了。可是我现在才知道，我其实根本没有放下他。你知道我现在的婚姻情况，也知道我曾经有多爱他，而且，他现在比以前更成熟、更稳重了，我对他的感情好像重燃了，而且比从前更炙热，所以我很惶恐。他约我在他回来那天聚聚，我也不知道该怎么做。我真的很乱……"

作为 Y 几乎唯一的情感信任者，我很清楚她的初恋，那已经是十几年前的事了。当初她是学校里的学霸，而 King 是"校草"一样的存在，两个人可谓是一对璧人，但毕业后双方在发展问题上出现了分歧。

King 希望出国发展，因为他的姐姐早就在国外定居，事业发展得相当不错，邀请他一起去干。他也想去国外大展身手，希望 Y 和他一起去。

但是 Y 是家里的独生女，父母身体也不是太好，坚决舍不得唯一的女儿出国，用老两口的话说，女儿出国他们就等于失去了女儿，以后去了都见不到最后一面。而 Y 本身也不想离开熟悉的环境，希望 King 留下来陪她。

最终两个人谁也说服不了谁，认为对方不够爱自己，盛怒中分道扬镳。年轻气盛的岁月里，他们谁都没有给对方一丝转圜的余地。

分手后，Y 把自己的感情足足封闭了 3 年，后来在父母的催促下，才开始相亲。大概一年后，她就和现在的老公结婚了，并且有了一个儿子。我一直以为这段感情已经彻底成为过去了，没想到时隔十几年，更加汹涌。King 在微信里说，曾经年少气盛，总想去打拼一片属于自己的天地，总觉得事业好了，爱情一定更完美，结果却把此生最爱的人弄丢了。独自在异国的十几年，他按部就班地工作、结婚，却发现心中始终缺了一角，如今想回国重拾昔日旧情，不知道命运是否还会眷顾自己。

作为曾经的学霸，Y 哪里会听不出对方的言外之意？只是如今的她有夫有子，已非当年处境。

其实这些年，Y 的事业发展得太快，老公却总是缺乏那么一丝上进心，这是她最遗憾的事，因为她自始至终喜欢的都是运筹帷幄的男人。现在夫妻俩除了孩子几乎无话可说，只是也没什么矛盾。如果不是 King 出现，两个人可能就一直这么过下去了。

我完全理解她的感受，毕竟"白月光"的存在，对谁都是一种致命的诱惑。我无法左右她的决定，但是给她讲了一个故事。

当年我刚进入职场时，和我姑姑逛街看中了一件 980 元的毛衣，毛衣是祖母绿的颜色，款式非常优雅大气。当时我一个月的工资才 1000 多元，我很想买，我姑姑拼命阻止我，说这种成本 100 块钱都不到的衣服，只有我这种傻瓜才会喜欢。

那时候还没有微信、支付宝这些工具，我身上没有这么多现金，她又反对我买，于是我没有买成那件毛衣。

回去之后，我对那件毛衣念念不忘，我姑姑泼我冷水说那么丑的衣服根本不会有人买，假如一个星期后我还是很喜欢的话，那我就去买。

结果一个星期后，我兴冲冲地去买毛衣，店主告诉我毛衣已经被卖了，而且那是绝版，不会再有了。为了这事，我摆了好几天脸色给我姑姑看。

后来，我自己创业了，经济状况也提升很多，在买衣服上对自己毫不吝啬，但我心里念念不忘的始终是那件祖母绿的毛衣。后来，我根据记忆把它画了出来，让人给我做出来，虽然不是百分之百复原，但样子也八九不离十了。

可是在拿到衣服穿上身后，我很失望。因为当初的我只有 80 多斤，现在却已经过 100 斤了；当初觉得无比心动的款式，经过 20 年，我也感觉并没有那么好看了。我的衣柜里的很多衣服比它漂亮得多，无论做工、颜色、款式，都能碾压它。

而我这么多年对它魂牵梦萦，也许只是我自己催生的一种执念，可能它留在我的想象中会更合适。其实错过了就是错过了，我不应该再去强求。原本它还会留在我的记忆里，让我时时怀念一下，而我非要去实现旧梦，最终亲手打破了自己的幻想。

Y是个聪明人，自然知道我给她讲这个故事的用意。我不知道她最终会如何选择。不管她怎么选择，我都尊重她，我们的情谊也不会变。

我们这一生中会遇到很多缘悭一面的遗憾，缘分一事，哪怕只欠缺分毫，最终也只能抱憾终身，人生可以有遗憾，却不能后悔。

在遗憾中，流走的岁月、错过的日子，都是我们曾经的选择。但谁说遗憾不是另一种成全呢？如果当初我们做了不同的选择，也许此刻劳燕分飞、怒目相向，而遗憾最大限度地保留了曾经的美好回忆，让一切美好如诗。

人在路途中，错过的人与事，再回头只余叹息，不如留在心底，偶尔回忆、怀念那些痛过的日子和笑过的岁月……

12
黄金10年的过法，决定了大多数人的一生

有人问我："如何才能过好这一生？"我的答案是把握好黄金10年。所谓黄金10年就是一个人刚毕业走入社会后的10年。

对普通人而言，最靠谱的一条路就是抓住走入社会的黄金10年，这个阶段是一个人最好的升值期，也基本奠定了一个人这一生的基调。

在这10年里，你唯一应该做的事就是用尽所有努力赚钱，提升自己。你要抓住一切机会表现自己，该加班加班，该吃苦吃苦，让自己尽快脱颖而出，这时候不要想着周末去哪里玩，节假日去哪里玩，你玩的都是宝贵的生命和时间。

可以说，80%以上的人，起点是差不多的，但最后的人生依

然天差地别。有的人通过努力,渐渐走向殷实;有的人要么终身都在原有的圈子里,要么变得更差。

其中最重要的就是毕业后的黄金10年是怎么过的。

很多人简单地理解为:这10年我认真努力地工作就可以了。认真努力肯定比不认真努力好,但如果你仅仅是认真努力,最多就是有一份差不多的薪水,并不是我所说的黄金10年的过法。认真努力是基础,很多人却已经把它当天花板,把及格线当成了满分要求,其中的认知差距就已经足够让人触目惊心。

我先给大家看一个成功的模板。

一个普通的年轻人刚进入职场的时候,应该怎么做?

首先就是让自己迅速脱颖而出,你要尽量表现自己,该多干活儿多干活儿,该加班加班。这时候你不要提什么"为什么又要让我加班啊,我要去哪里玩",黄金10年就是用来为自己的事业和人生打基础的,你玩掉的是时间、机会。

你也不要去听那些什么"给多少钱干多少事,叫我加班免谈""社会压榨普通人"之类的话。

每个刚进入社会的人,都会有一段或长或短被压榨的时间,这是客观存在的现象。看看那些宫斗剧里,宫女进宫是不是都得被折腾一下?起码你不用在辛者库里干粗活儿,也不用去刷马桶,现在的条件已经比过去好多了。

弱者思维都是:社会不公平,我要公平,要关爱。强者思维都是:我要站到更高的位置上,不让别人决定我的命运。

除此之外,你应该想办法让自己去靠近核心圈子,所以不仅仅要把工作做好,还得做个有心人,抓住好好表现的机会,同时还不能引起同事反感,让大家觉得你是一个善于钻营的人,从而排挤你,也不能让上司觉得你野心勃勃,不安分。这是极考验一个人的情商和手段的,你要将分寸感拿捏得非常到位,并且要有一定的胸襟和格局。

所以你在进入职场之初,情商一定不能太低。因为如果能过了这一关,你既能得上司青眼,也能让同事不忌妒,不排挤。这说明起码你是具备当管理者的潜质的,能平衡好各种关系。

每个人都会因为自己的认知而站到自己该站的地方。只会干活儿,没有情商不懂人性的人,站到老黄牛的位置上;既能做事,又有情商、懂人性的人,站到管理岗位上去;懂资源整合、运筹帷幄的人,站到核心管理岗位上去。这么一看是不是很公平?

当然,在这 10 年中,你可能遇到好的上司,也可能遇到差的上司。如果遇到好的上司,那你就好好和对方学本事,尽量多争取机会,让他一路提携你上去。如果遇到那种只会忽悠你、给你画大饼的上司,你要做的不是消极对抗,比如"我就不好好工作,反正你对我也不好",这样你伤害的是自己的口碑,浪费的是自己的青春,影响的是自己的工作习惯。

因为这 10 年,同时也是养成工作习惯的重要阶段,你要是每天混吃等死混习惯了,后面想重塑习惯是非常难的,大概率你的工作态度就是混日子,养成这种习惯等于直接摧毁你自己。

所以你一定要学会课题分离,上司不好是上司的事,你不能拿自己的未来去惩罚上司。事实上,你也惩罚不了。他看你不顺眼,把你辞退就可以了,但你养成了不好的工作习惯,那这种习惯就跟随你一辈子了。

正确的方法是你尽快学好自己的本事,让自己拥有跳槽的资本,更没必要和上司交恶。他给你画饼,你不吃就可以了,何必闹得太难看呢?人在任何路口都是可以优雅转身的。

脑子不会转弯的人注定会吃亏,想想《知否知否,应是绿肥红瘦》中的王大娘子,那就是一个直性子的人,在林小娘手里吃了多少亏?事实上她还是大娘子,人家是小妾,她处于有利地位。要是位置对换,她变成下属,自己怎么死的都不知道。

如果你所在的公司很好很有前景,那么你可以在一个公司持续努力。还是那句话,只要你情商足够高,足够精通人性,10年时间走上高级管理岗位不是梦。这时候你收入上去了,资源也多了,你的路也就会越走越宽了。这样的例子我身边有很多,基本上是这么一个发展规律。

如果你所在的公司不怎么样,发展通道不行,这10年里,你可以安排自己跳槽3次左右。当然,这不是瞎跳,而是有规划地跳,只要你在前面一家公司的成绩很不错,大概率下一份工作职位和薪水都会有大幅度提升。

如此一来,10年之后,你依然可以得偿所愿。同样,这种真人真事的例子我手里也有一大把,但这些人无一不是头脑清楚、认知超前。

他们从来不会因为上司昨天让自己不高兴了，今天对自己不好而想着不要做了。他们继续做下去的唯一理由就是公司能满足他们的核心需求，他们离开的唯一理由也是因为自己的成长规划，没有那么多意气用事。

能做到以上这些的人，10年后最起码也是中产阶层了，因为有的人学习两三年后，自己去创业了，可能会拿到更大的成果。

可惜很多人最宝贵的10年过得一塌糊涂，还自命不凡，认为是来整顿领导和职场的。你能不能整顿上司和职场我不知道，但人生肯定会整顿你。

你做好了黄金10年，基本上做好了原始积累，孩子的起点不会差，自己的人生也悠闲。用这10年的付出换下半辈子的人生主导权，我认为非常值得。当年万家灯火中披星戴月地奔波的日子，都会在未来一一回馈你，助你过上游刃有余、轻松自在的生活。

所有人到中年日子过得一塌糊涂的人，你可以去看看，他的黄金10年一定是一塌糊涂的！

13
别轻易改变你自己,因为喜恶同因

芳菲四月,看着外面开得热闹的晚樱,我写作的欲望空前高涨,拎着台笔记本电脑就跑去后院写作了,其间一位女友打电话问我在不在家,说她想来找我聊聊天。

我说在家是在家,但是我在写作,言外之意就是没有特别重要的事就别来了。但是半个小时后,她还是来了,嬉皮笑脸地说:"没打扰你写作吧?"

我无奈地翻了个白眼,问她找我什么事。她说心里郁闷,在家不得劲,再不找人聊聊天,会得抑郁症的。

对她的问题其实我并不陌生,主要是她老公面对两边家庭的双重标准让她很抑郁。

当初她坐完月子，希望婆婆能帮她带带孩子，这样她就不用放弃工作，结果婆婆说腰有问题，无法帮忙带孩子。

幸亏她妈妈不希望她年纪轻轻就成为全职家庭主妇，主动办理了提前退休手续，过来帮她带孩子。一个是雪中送炭的亲妈，一个是冷眼旁观的婆婆，她心里更感激谁自不必说，但表面上还是一碗水端平的。

因为要帮忙带孩子，她妈妈自然需要和她一起住，但也会经常想老伴和小女儿，于是她爸爸和妹妹就经常到她家来看望她妈妈。

本来这都是天伦之乐，人之常情，但她老公不但不感激岳母关键时刻出手相助，反而经常因为岳父和小姨子来看岳母发脾气。当然，他不会直接朝岳父母发火，而是擅长指桑骂槐，一会儿打狗，一会儿骂孩子，让很多人索然无味，提前散场。不过因为他没有直接对着岳父母发脾气，打狗、骂孩子的理由看似很充分，大家也不好说什么。

但是轮到他自己的父母和姐姐来的时候，他完全就是另外一副嘴脸了，热情款待，百依百顺。如果她态度稍微冷淡一点儿，他就各种指责她不懂待客之道。

大概是因为这个问题她和我倾诉多次了，加上写作被打扰，我说话尤其犀利："你自己有工作、有收入还能活成这样，这是你的性格决定的。恕我直言，你老公这种人，我根本看不上。要是我不小心眼瞎找了这种男人，要么就是我彻底改变他，要么就是我果断换人，怎么可能让他这样对我3年？而且，他对我发脾气我还有可能包容一下，对我的家人发脾气，那绝对不能忍。我管他指桑骂槐还是旁敲侧击，他是怎么对我的家人的，我就怎么对他的家人，而且有过之而无不及。你到底在怕什么？他收入没比你高多少，家世也没比你好，享受着岳母的付出，还在那里鼻子不是鼻子，眼睛不是眼睛，谁给他的脸？这种男人就是欠收拾，你要是强硬起来了，他就蔫菜了，几次之后，保证他不敢再这么嚣张。"

她激动地抓着我的手说："你说得太好了，简直说出了我的心声。我就喜欢你这股天不怕地不怕的劲儿，你给我点儿时间，我迟早会收拾他的。唉，我要是有你这种犀利劲儿就好了。听你说话就是爽，感觉心中的郁气一下子就消散了，所以我来找你就对了。"

看着她不断说喜欢我说话犀利，特别带劲的样子，我一瞬间有些恍惚，因为就在前几天，发生了一件类似的事，我用差不多的方式处理了，得到的结果却是完全不同的。

那天，一位粉丝和我说了很多她对婆婆的不满情绪，比如当年她坐月子时，婆婆没有很尽心地照顾她，后来带孩子也带得让她不是很满意，婆婆的习惯也不是很好，她和婆婆住得很郁闷。她问我怎么办。

我的答案很简单，既然一起住很痛苦，那就分开住。她说没有分开住的条件，但是和婆婆同住又很难受。

我说："既然没有条件分开住，那就只能你自己调整心态了。因为谁痛苦谁改变，现在是你痛苦，而且你婆婆几十年都这样下来了,你想让她改变不太现实。"

她说:"可是我想不通怎么办?凭什么只能我调整心态?"

我很直白地说:"想不通也得想通,不然苦的是自己。你之所以会遇到这样的问题,是你经济条件有限,无法实现分开住的目的,很需要婆婆帮忙带孩子,但又没有足够的手段让婆婆心甘情愿地按照你的要求做。其实现在最好的方式就是你不要再去想你婆婆的问题,而是努力赚钱。当你拥有足够的经济实力后,这些问题才有可能迎刃而解,否则,就是无解的。"

她很受打击,深夜给我留言说我太犀利了。她本以为我会温柔地安慰她,没想到我只会让她好好去赚钱。她觉得很失望,不想再关注我了。

这两件结果截然不同的小事,让我想到一个词:喜恶同因。

我当年做公众号时,因为文风犀利,不到一年时间就聚集了上百万粉丝,很多人说看我的文章特别过瘾,有种任督二脉被打通的感觉。

当然,也有不少人不喜欢这种犀利的文风,进而讨厌我这个人。

而我也迅速接受了这种冰火两重天的待遇。我很清楚,喜欢我的人越多,讨厌我的人也就越多,他们喜欢我和讨厌我,可能出于同一个原因。

记得有一次,我在杭州和一位互联网大佬聊天,她笑着摇摇头说:"晚情,我们这种人哪,注定喜欢我们的人会非常喜欢我们,讨厌我们的人会非常讨厌我们,反正就是爱我们的会爱得要死,恨我们的也会恨得要死,你会改吗?"

我笑着说:"江山易改本性难移!我不想去迎合别人的喜好!事实上,我也迎合不了!"

这些年,我见过太多把自己改得面目全非的女人。有的女人年轻时明明是很洒脱的性格,只因为男人的一句话,就压抑本性,让自己变得很贤惠。那女人贤惠之后是不是就皆大欢喜了呢?并不是,她又被嫌弃无趣了。

有的女人年轻时很爱打扮,只因为别人说了一句"只管自己,太自私了",就收起自己的爱好,一心为家而努力,然后又被很多人嫌弃是个"黄脸婆"。

还有的女人事业发展得很好,只因为有人说"女人还是不要太能干,婚姻才能幸福",就把重心放到了老公、孩子身上,最后却得到了"我妈妈是一个一无是处的中年妇女"的评价。

没有人能让所有人喜欢,因为每个人的喜好不同。有人喜欢玫瑰,有人喜欢牡丹——你是玫瑰时,只喜欢牡丹的人就不会喜欢你,你是牡丹时,只喜欢玫瑰的人就不会喜欢你。

你必须明白一件事:只要没有伤害别人,你想成为谁都没有错。当外界对你的要求和你自身的需求产生矛盾时,你应该找到自己的定位,不轻易被外界的声音左右。

当你年岁渐长时,你终会明白,真正的强者从来不在乎别人说什么,只一心做自己。你本来是玫瑰,就开得足够娇艳欲滴;你是月季,就努力暗香浮动。做人也是如此,你只要在自己擅长的领域里拿到更大的成果,喜欢你的人会越来越喜欢你,那些路人和以前不喜欢你的人,也会慢慢放下偏见,进而喜欢你。

但假如你被困于各种声音之中,努力去迎合别人,最终你会发现,这世上没有一个人喜欢你,包括你自己!

我们无法丈量生命的长度,也无法决定别人的喜好,唯有以本真的状态迎接朝朝暮暮!

14
当理想天国遇到人间烟火……

午饭后,我正惬意满满地听歌,朋友打电话找我聊天。

她说:"我越来越受不了南诗了,和她相处实在太累了!"

我问:"你这两年怎么回事啊,好像对南诗的意见很大,她把你怎么了啊?"

朋友说:"她也没怎么我,我就是觉得和她相处很别扭。她整个人老是端着架子,没事就美化一下自己,非要把自己塑造成一个绝世大才女。我以前碍于情面,大多也捧一下场,但现在越来越不想这么做了。谁的人生不累啊?我不想再去哄别人了。哎,你精通人性,要不你帮我分析分析她到底是个什么样的人?"

我说:"虽然我和她相处的机会比你少很多,但是我觉得我真的挺了解她的，加上你隔三岔五地和我说的一些事，我的判断应该挺准的。她不是把自己塑造成绝世大才女——她本来就是大才女啊！"

南诗是朋友的同事，而我因为朋友的关系，和她也有接触。说实话，一开始我以为她们关系很好，朋友很包容南诗，也很迁就她。南诗生性清高骄傲，特别亲近的人不多，但和朋友关系不错。这些年我几乎没有和她们聚过，没想到她们的关系已经暗潮汹涌了。

朋友总觉得南诗爱装模作样，不接地气，总觉得自己的各种想法很棒，但在朋友看来很多想法不切实际。

但我反而特别理解南诗以及她的所有行为。南诗是一个才华横溢的名牌大学生，年轻时也是一个风云人物。

但是她这辈子做的两次关键选择，在我看来，她都没有选对。一个是婚姻上的，当年她作为才女，追她的男性还是不少的，其中不乏优秀者，但当时的她满脑子都充斥着言情小说式的遐想，选了一个她认为对她最好、最浪漫的男人。

清高的她固执地认为女人不能太现实，甚至内心排斥经济条件比较优越的男性。结婚后她才发现，老公原来是个"妈宝男"，脾气挺好，但是不作为。所以南诗在婆婆那里受了十几年委屈，直到婆婆去世。但两个人的感情已经所剩无几，如果不是因为孩子，可能南诗早就离婚了。

婚姻不如意是南诗内心最大的痛，但她生性清高，不愿意在人前失落，反而以一种更骄傲的姿态出现。

第二个选择则是关于事业和人生的。她追求的不是凡俗生活，而是精神满足,她总有很多浪漫唯美的设想,但这些想法总是无法落地,所以她总觉得很多人不理解她,没有追求和品位。但是她忘记了年少时人人都可以追求自己的理想天国,却终将走入红尘俗世,参与这一世的人间烟火。

其实我内心很早就剖析过她,身为才女,她需要别人仰视她,也需要别人众星捧月般捧着她,更需要别人不一样地对待她。其实她是一个非常纯粹的人,只是在自己的精神世界里待久了,和真实世界有点儿脱节而已。事实上,这样的人非常简单,甚至非常难得。

但是,我们不能只活在自己的精神世界里。她比我大5岁,可以说其实我从她身上得到了很多启发。

从毕业院校、自身才华而言,我和她其实有很多共同之处,甚至早期的我也很清高。但我很快就开悟了——在理想天国和人间烟火里,我选择了后者。

经常有年轻姑娘来问我:"晚情姐,我应该追求精神还是追求物质呢?"

当年我也遇到过这个选择,果断先追求世俗意义上的成功了。如今,我非常感激自己当年那么清醒,否则我可能就是第二个南诗。

人追求理想天国还是人间烟火,其实没有对错,只有取舍,但是两种不同的选择会造就不同的人生。

尤其是当我年过40岁时,我对这一切就有更深刻的理解了。

曾经有位朋友问我:"为什么你会在30岁后变化如此之大?以前的你每天和琴棋书画为伴,与诗词歌赋为伍,怎么突然之间就去创业了？"

我当时和他说了这么一番话。

我说如果一个人获得了世俗意义上的成功，同时还很有才华，别人会充满欣赏地说："这个人非常厉害，不但事业很成功，还才华横溢，气质独特。"这时候才华有很大的加持作用，或者说这时候才华才能显现它真正的价值。因为你越成功，你的才华越能被更多人看见，也有更多人愿意去倾听你的各种想法，参与你的精神世界。但如果你很有才华，可是在世俗世界里并没有建树，那么有的人会疑惑你到底有没有才华，当然也会有人感叹你怀才不遇。但这样感叹的人是真的替你可惜吗？也许这是一种更深层次的不认同表现，他们会认为你那么有才华不也没成功吗？你还不如没才华呢。这时候你的才华更多是一种笑话。才华不是海市蜃楼似的存在，是需要依托的。

所以过去10年，我一直在追求世俗意义上的成功。但是我也清楚，我真正想要的并不是世俗意义上的成功。所谓的事业成功，于我而言只是找到我的世俗价值，我最终追求的也是精神世界。

但直接去追求精神世界和先追求世俗意义上的成功再去追求精神世界是完全不一样的。

我们活在这个世界上有很多使命，因为我们不是孤立的，大多数人上有老，下有小，有自己的责任，不可能抛开一切。这些使命和责任也会羁绊我们的脚步，而世俗意义上的成功，可以让我们一定程度上完成自己的使命，不受太多羁绊。

所以一个人只追求精神世界，最后大概率还是会为世俗所羁绊，更有可能终其一生都在失望不满的情绪中度过。

所以我选择先追求物质。别人无法透过你这个人感知到你的内心世界，更无法判断你的内心世界是好还是不好，但物质世界就简单多了，事实上，你想要的很多东西，大多得通过物质来实现。

但是如今时代不同了，我们早就过了那个满心满眼只求温饱的岁月。我们生活在一个物质相对充足的时代，越来越多的人开始追求精神上的满足。

所以，只要我们不是咸鱼，最终还是会回归到精神追求上，但没有经过凡俗考验的精神追求是海市蜃楼，眨眼间就会消失，而有物质支撑的精神追求，才能始终如一。

成功以后，你向往青菜豆腐，那叫养生；你失败了，再说爱吃青菜豆腐，在别人眼里也不过是寒酸，不愿意面对现实而已！

15
与有情人做快乐事，不问是缘是劫

小鱼是我闺密的妹妹。当年有一项政策，只要是农村户口的人，第一个孩子是女儿的话，相隔一定年限就可以生第二个孩子。当初闺密的父母希望能够再生一个儿子凑成一个"好"字，不过事与愿违，第二个孩子还是女儿。

在经济发达地区的人，即便有些重男轻女，也不会太严重，加上婴儿期的小鱼长得玉雪可爱，很快就俘获了一家人的心。小鱼在家人的宠爱中长大，性格不免有些骄纵。当时大家觉得女孩子骄纵些也无妨，总比讨好型人格以后受委屈强。

被娇宠着长大的孩子，基本吃不了什么苦，所以她成绩一般，家人也拿她没办法。反正这些年家里发展还不错，以后她就找一份轻松的工作打发时间即可,然后再找一个疼她、爱她的人,家里准备一份嫁妆,把她风风光光地嫁出去。

但谁的人生也不是别人可以完全操控的,家人给她安排了无数次相亲,她一个对象也没有看上,只觉得无聊。家里人想着她年纪尚小,也不打算逼得太紧。

谁承想,她一转身就坠入了爱河。家里人很紧张,立刻展开了调查,打算如果男方人好的话,那就想办法定下来,如果男方人不好的话,就想办法拆散两个人。

结果很不幸,男方家世不错,外表不错,工作也不错,却是一个彻头彻尾的花花公子,保守估计谈过15任女朋友。

全家人当即反对,起初是摆事实,讲道理,后面是苦口婆心地劝解,最后耐心尽失,直接开骂。

可是不管家里人是劝还是骂,小鱼都像铁了心,甚至扬言要和对方同居,这下家人也不敢逼迫太过。

闺密过来找我商量对策,问我可有什么办法拆散他们,让妹妹回头是岸。

我说:"你妹妹知道他是花花公子吧?"

闺密叹了一口气,说:"知道,就是知道她还飞蛾投火才叫我生气,她和这个男人是没有结果的。据我所知,这个男人根本不打算结婚。他觉得结婚就不是自由身了,所以一直只谈恋爱不结婚。"

我笑道:"还好吧!总比结婚了他在外面乱搞来得高尚多了。"

闺密一个眼刀递了过来:"你怎么和我妹妹一个腔调?她也

说谈过很多女朋友又怎么了,他又不是同时谈的,就算不结婚也没关系,反正她也不想这么早结婚,但这样不是太不负责任了吗?"

我反问:"为什么这样就算不负责任了呢?她为自己的心负责了啊,只是她的行为不符合你们的预期而已。其实我倒觉得她挺可怜的,她连自己自由地去爱一个人的权利都没有。"

闺密不高兴了:"亲爱的,我是来找你商量对策的,你怎么反而当起她的说客了呢?你不是一向最讨厌渣男的吗?如果那个男人好,我们怎么会反对呢?我们明知道她以后会伤心,难道还由着她吗?"

我说:"感情这种事,如人饮水冷暖自知,你们能把她绑起来吗?你们反对得越厉害,她就爱得越投入。我建议你们静观其变吧!"

看着闺密不爽的样子,我又说:"你把小鱼领过来,我和她谈谈。我不能保证让她和对方分手,但是可以保证她不会太伤害自己。"

一个午后,闺密领着小鱼过来了。我让闺密先回去,别影响我们聊天。

小鱼一脸防备兼不爽,看到我就说:"晚情姐,我知道你和我姐关系很好,但是你别劝我,谁劝我都没有用。"

我笑笑,说:"你放心,我根本不会劝你。上次我和你姐意见不同,她还生我的气,我才说让你过来和我聊聊。其实我很羡慕你,你可以爱一个男人爱得要死要活,爱得无比炙热,即便全世界的人反对,你都要和他在一起。我是一个理性的人,做不到这样,所以也体会不到这么深刻的感情。所以,我羡慕你。"

她怀疑地看着我:"你是说真的,还是以退为进?"

我真诚地看着她:"比珍珠还真。其实我这段时间一直在思考到底什么样的感情才正确,却发现现在正确的感情太多,而真挚的感情太少。其实现在男女之间发自内心的感情很少,大家一相处就开始琢磨着你适不适合当老婆,他适不适合当老公,然后彩礼给多少,房子怎么写名字,每个人都清醒,生怕自己吃亏上当,总想降低自己的风险,却不知道在这样的感情和婚姻中,真情已经难觅。你能在年轻的时候无比真心地爱上一个人,不问是对是错,其实也是一种幸福。"

小鱼仿佛找到了知音:"姐,你说得太对了。之前我们家给我找了很多人相亲,他们一上来就问各种问题,有的还问我陪嫁有多少,太没意思了,但是我姐和我妈非得说过日子就是要面对这些问题的。我不愿意啊。我不想我的爱情像谈一场生意一样。如果我的人生什么都是正确的,我觉得这样的人生很没意思,就是我姐他们死活逼着我分手。其实我真不觉得我男朋友怎么了。虽然知道他有过很多女朋友,也知道他不想结婚,但是我不介意啊!只是我怎么和他们说都没用,所以你是理解我、支持我的是吗?"

我点了点头,说:"我理解你,或者说理解感情。当你真的爱上一个人时,如果你们被迫分开,这可能会成为你一生的遗憾。花开花谢自有规律,但花被人为摧毁,终究意难平。你姐那里我会帮你去说服她的,但是你也要答应我一件事——情出自愿,事过无悔!万一分手,你不能要死要活的,和他在一起的时候,也要保护自己的身体不受伤害。"

她听懂了，很爽快地答应了，快快乐乐地去找她心爱的人约会去了。

经常有人问我："你为什么现在不写小说了？"其实不是不想写，而是我再也找不到曾经那种心境了。这10年来见过太多别人的感情，我有点儿麻木了。

在那么多爱恨情仇的故事中，我无疑是最理智的，有时候真的觉得有些妹子太傻了。但是随着年纪增长我又有了完全不同的想法：也许她们爱的人会伤害她们，也许她们的爱没有结果，但是在最纯真的年纪里，她们可以心无旁骛地爱一个人，何尝不是一种幸运呢？

毕竟有些人可能一辈子都没有体验过这种炙热的感情，也许那才是人生最大的缺憾。多年以后，那些妹子能够想起来的未必是曾经爱过的那个人，而是当初那个勇气可嘉的自己。人生本就应该有多重体验，我们又何必拿自己的观念去左右别人的人生呢？！

半年后，小鱼失恋了。她没有找她姐，而是跑到我家来大哭了一场，因为对方和她提了分手，说已经厌倦了。但是哭过以后，她擦擦眼泪对我说："晚情姐，我不后悔。你说的，情出自愿，事过无悔。"

我笑着问她："如果可以让你重新选择一次，你还会爱他吗？"

她肯定地点了点头："还会，因为如果我的生命中从来没有爱情出现的话，我会觉得很枯燥。但是我拿得起，放得下，以后依然会期待爱情。如果我因为失恋就再也不碰感情了，那怎么可能遇到对的那个人呢？"

小鱼来时情绪低落,走时眼里已经多了光彩,希望她在不久的将来能邂逅一生的缘分!

我推开窗户,院中的紫薇花开得极热闹,我忍不住发出轻轻的叹息声:最美丽的仍然是爱,带泪尝的仍然是好!

16
每个人终将沿着自己的性格，走向必然的宿命

某天晚上我快下播时，有位粉丝掐着时间来连麦。我本想下播了，但不知道怎么的，想到她假如没有连麦成功的话会有多失望……大概晚上人的心更软吧，于是我还是接了她的连麦请求。

她要求助的是父母的问题。她说她父母是老式婚姻，父亲脾气暴躁，在家不是骂骂咧咧，就是摔摔打打，母亲则是委曲求全，忍气吞声。

他们家有两个女儿、一个弟弟，她小时候家人都活得胆战心惊，因为父亲喜怒无常，会突然间发怒，谁也不敢惹他。

后来，他们姐弟三个都长大了，弟弟去了市里工作，之后娶妻生子，极少回老家。而她们姐妹俩也先后结婚，有了自己的小

家庭，终于离开了原生家庭。唯一离不开家的就是她的母亲。

以前家里人多，父亲平等地对每个人发脾气，他们姐弟三个走了以后，父亲发脾气的对象就只剩母亲一人了。母亲每天都要面对父亲的脾气以及精神打压，过得极其痛苦，经常找她诉苦。

她也很同情母亲的遭遇，甚至劝过母亲和父亲离婚，独自一人过都比对着这样一个老头过得轻松。但一直诉苦的母亲听了她的话，毫不犹豫地反对，说都到这把年纪了，再离婚的话，平白让别人笑话，而且也会让他们姐弟三个没面子。

她说："没关系的，我和弟弟妹妹早就商量过了，我们都支持你离婚，也会好好给你养老，你完全不用担心未来的生活。"

但母亲还是很坚决地拒绝了她，认为这把年纪还离什么婚。可是母亲只要一受气就打电话给她诉苦，每次都搞得她情绪低落、心情郁闷。

她动员母亲出来和自己住一段时间，让父亲一个人过日子，让他感受一下被所有人抛弃的滋味。

起初母亲不愿意，她好说歹说才说动母亲，但住了不到一天，母亲就悄悄回了老家，父亲甚至不知道母亲曾经离开过。

可是回去后母亲一有不顺心的事情就打电话给她，搞得她特别崩溃，所以她想问我有什么办法让母亲离开父亲或者不抱怨。

我问她弟弟有没有这个烦恼。她说没有，因为弟弟是儿子，母亲认为女儿贴心，这些事情没法和儿子说。

我又问她妹妹有没有这个烦恼。她有点儿生气地说，她妹妹比较不像话，结婚后就只顾过自己的日子了，很少操心娘家的事。

母亲一开始给妹妹打过几次电话，结果妹妹还顶撞了母亲，后来母亲就不给妹妹打电话了。

我说："我不觉得你妹妹不像话，恰恰相反，你妹妹比你聪明，也比你拎得清，你应该向你妹妹学习。"

她不认同地说："如果我也不管我妈的话，那她就连一个说话的人都没有了，她太可怜了！她毕竟是我妈呀！"

我理解她的感情，却不认同她的做法。这世上有很多人介入他人因果，而耽误了自己的人生。

比如在这位粉丝和她母亲的故事中，其实她已经做好了她应该做的事。她没有为了自己的面子非要母亲在痛苦的婚姻里苦苦煎熬，而是支持母亲离婚，并且愿意给母亲养老，让母亲没有后顾之忧。

但是她母亲不愿意离婚。当然，这也可以理解，毕竟老一辈人的婚姻观和我们的是不一样的，我们觉得婚姻存在的唯一意义就是幸福，如果过得不幸福很痛苦，那这种婚姻就没必要存在，我们会勇敢地结束它，但老一辈的人顾虑多，迈不出这一步，情有可原。

但她又提出了第二种方案，让母亲和自己住一阵，其实这已经是折中的最佳办法了。母亲先远离父亲，父亲欺负不到母亲，母亲就郁闷不了了。

但她母亲还是不愿意，她好说歹说母亲勉强离开了，一天都不到就回去了，回到那个令人痛苦窒息的老头身边，继续被欺压，继续找女儿诉苦。

这说明什么啊？母亲所遭受的一切是母亲自己允许的。在外力这么强大的干涉下，母亲还是执意去吃苦，那旁人还能说什么呢？

而她的弟弟妹妹显然"聪明"多了。他们早就看出母亲的性子，知道怎么劝都是徒劳的，索性不管，过自己的日子去了。

也许在这位粉丝眼里，弟弟妹妹很无情，连亲妈都不管了。

可是我想说：你管到现在,问题解决了吗？问题不但没有解决，你还因为母亲的事，隔三岔五地郁闷。你没能度她成仙，她却已经累你成魔了。

其实这是一个非常简单的问题，但因为其中掺杂了亲情，就仿佛在人眼前蒙了一层纱，让人看不清真相。

如果一定要干涉，一定要管到底，她就在内心无端给自己加了一层枷锁，死死困住了自己。

但最终的结果大多是她们在意之人的问题没有得到解决，她们自身也产生了很多问题。

比如她们因为将很多时间、精力用在管这些事上了，自己的生活、工作或多或少会受到影响，再比如因为心情时时被影响，每天感受到的都是痛苦多欢乐少。

每个人都要学会给自己解套，只要这个问题不是你造成的，你没有责任一定要去解决这个问题。谁制造，谁解决；谁痛苦，谁改变，这是亘古真理。

假如你看到有人跳进了河里，找到一根竹竿想把他拉上来，但是无论你如何给他递竹竿，他都不愿意伸手握住那根竹竿。你眼睁睁地看着，在岸边无比焦急。如果一着急跳下去救他，很大可能人没有救上来,你自己也承受了灭顶之灾。

  这世上有些问题不是你努力就能解决的,尤其是别人的问题,因为对方不配合,你就无计可施了。

  因为你百般游说千般劝阻,依然拦不住他,那就是他的命!但凡一个人无论如何都不想做出改变,说明这个果是他必须承受的,这也许是他的宿命。

17
你可以假装努力,但结果会揭穿一切

某天,我正惬意地待在空调房里,飞快地敲击着键盘,打算在旅游之前把所有工作提前完成。

结果空调突然就停了,我连忙问阿姨是什么情况,阿姨也不知道。这时候我的手机里收到了物业管家的提醒:"因为附近施工人员不小心破坏了电缆,造成片区停电,目前工作人员已经在维修了,何时恢复现在不敢确定,请大家做好避暑工作。"

快 40 摄氏度的天气,没有空调怎么避暑都没用,先生建议我去酒店开个房间,但我心血来潮,想去图书馆感受一下氛围。

念书时我最喜欢泡图书馆,还喜欢把室友的借书卡都拿来,抱一大摞书回宿舍。但自从有了网购后,我已经好几年没有去过图书馆了。

我原以为图书馆人肯定很少，现在还有几个人愿意看书呢？结果我发现现在的图书馆和以前的太不一样了，有咖啡吧，有购物中心，甚至还有游戏中心，还挺热闹繁华的。

我选了一个相对安静的位置坐下开始写作。没过多久，一位年轻的女孩子走过来，坐在我前面的位子上。

我抬头看了一眼，看见她拿着几本考公和考研的辅导书。她应该是应考一族。

可不到10分钟，她就开始玩手机了。虽然她戴了耳机，但因为安静，耳机里的声音还是清清楚楚地传了出来。

她大概是在看一部短剧，看得十分投入，我不知道是不是喜剧，她时不时地压低声音笑起来。

写完一篇文章，我发现她还在看短剧。带来的书已经被她合起来放在一边，她几乎再没动过。

又过了一会儿，大概是看完一部剧了，她开始打电话倾诉，说本来今年就想工作的，但找了好久都没有找到心仪的工作，有的是她看不上，有的是她达不到基本要求，所以她决定考公考研。

但是不知道几年后大环境会变成什么样，她心里没底，也不知道考公考研能不能考上，每天都过得好焦虑，父母也不理解她，催她先找个工作干起来。但她认为每天做不喜欢的工作，那人生有什么意义呢？为了躲避父母的唠叨，她只好跑到图书馆来躲清静了，顺便准备考试，但心里特别焦虑，不知道怎么办。

我写了3篇文章后,发现她带来的书还是整齐地被放在一边,她还在和别人研究她能不能考上的问题。

虽然可能有点儿武断,但我直觉认为她大概率是考不上的。本来就是千军万马过独木桥的考试,加上不准备、不复习,她怎么可能考得上呢?她所谓的考公考研,大概是一种自我安慰吧!

这个世上大多数人有理想和追求,但只有极少数人愿意为自己的理想和追求付出无上努力。不管备考还是创业,任何人都需要经历一个枯燥乏味的过程,而且还不知道结果如何,这才是最考验一个人的。

所以很多人受不了这种枯燥且结果未知的努力过程,选择了短暂的快乐,但这种快乐真的能持续吗?恰恰相反,当理智重新回来时,这样的人有的不是快乐,而是后悔和自我否定:为什么我这么不自律?为什么我这么管不住自己?

人生真正的快乐是经历过枯燥乏味的奋斗过程后,终于迎来了属于自己的井喷时代。

前不久有位朋友找我聊天,问我有没有合适的工作介绍给她。她所在的公司正在裁员,她感觉自己干不久了。

我安慰她说这只是她的猜想而已,事情还没发生呢!

但我心里已经认可了她的猜想,因为如果是我决定裁员,肯定也会率先裁她。

当年,她叔叔在公司当二把手的时候,她爸爸托弟弟给她找份工作,于是她叔叔就把她弄到自己的公司做了一个普通员工,并且嘱咐她好好干,以后会有机会的。

但她小时候不愿意吃学习的苦,成绩一塌糊涂,长大后靠关系进了叔叔所在的公司,又怎么可能愿意吃工作的苦呢?仗着有叔叔这层关系在,她工作很不上心,能少做就少做,能不做就不做,每天上班后就给自己泡一杯茶,然后打开电脑,不是看小说就是玩手机,每天工作时间不到一个小时。

大家知道她是关系户,也无法对她要求过高,好在她也不要求升职加薪,双方倒也相安无事。

就这么过了好几年,她叔叔到了退休年纪。俗话说人走茶凉,她叔叔还是尽自己的能力,让大家对她多照顾一些。领导想着反正她就是一个普通员工,费不了多少事,也不愿意做那过河拆桥的事。

按理说,一个成年人知道自己的靠山不在了,自己就应该上点儿心了,但是她完全不这么想,依然过着看小说、看视频的逍遥日子。

如果在公司蒸蒸日上的时代,公司多养一个人也没什么,但是大环境比较艰难的时候,没有一个公司愿意养闲人,总不能把其他认真工作的员工辞退,留下娱乐至死的员工吧?除非这个公司真的决定不继续做下去了。何况现在已经没什么人能为她说话了,所以基本上,这事就是板上钉钉的了。

原本她也不在乎这份工作,可是此一时彼一时。以前她爸爸生意做得不错,家里经济状况还可以,养她没什么问题,但这几年生意一年比一年差,甚至已经到了亏损的地步,所以家里已经无法持续给她提供优越的生活了。

可能她也有点儿危机感了,所以才会来问我有没有工作可以帮她介绍。

我说:"其实结果还没有出来,你从现在开始好好收心,努力表现一下,再多去领导那里聊聊天,让他看到你的进步,加上领导念在你叔叔曾经的关系上,也许事情会有转机。最关键的是你从现在开始应该努力工作了。"

当时她说我说得有道理。可是没过两天,她又回到了以前的状态,每天看视频看小说。

很多人说自己很焦虑,很紧张,需要打游戏、看视频才能放松,不然人就太紧绷了。可是,假如你不屈服于短暂的快乐,而是一直在构建自己的人生护城河,那么你根本不需要靠这些东西来缓解焦虑和紧张情绪。

很多人抱着"今朝有酒今朝醉"的生活态度,拒绝去想明天的事,去想未来的事,但明天依然会来,未来依然会到。

快乐有很多种,一个人追求什么样的快乐,注定了这个人的精神世界和人生高度会怎么样。

低级的短暂快乐,从来不能使人真正快乐,反而会让人陷入焦虑的怪圈。每一次为了高级快乐而克制坚持,都意味着你将来会变得更自由,更强大,更游刃有余。

18
你照顾了所有人的感受，唯独忘了自己

多年前，一位异性朋友很苦恼地和我说，他觉得活得很累。我警惕地说，我只负责解决问题，不提供情绪价值，如果他想倾诉烦恼记得找别人，我肯定会让他失望的。

他苦笑着告诉我，他之所以找我是因为我平时拒绝他特别干脆利落，从来不担心他生气，更不担心他和我绝交，英姿飒爽。他恰恰相反——在别人眼里，他性格温和，人缘很好，只有自己知道活得有多累。

因为他性格好，别人一有什么难事就会下意识地找他帮忙，而他也不好意思拒绝，都是能帮就帮。虽然此举让他获得了好人缘，但是也让他觉得无比心累，毕竟别人想让他做的事，很多是令他

为难的。

我惊讶地说:"既然为难,你直接拒绝就好了。你是个男人哪,男人还这么磨磨叽叽的吗?"

他说他也不知道为什么,总之就是说不出拒绝的话,即便勉强拒绝了,晚上也睡不着,总担心别人是不是生气了,是不是以后再也不会找自己了。然后他向我请教如何像我一样干脆地拒绝别人,如何做到内心强大,我拒绝别人的时候心里是怎么想的。

我说我拒绝别人的时候心里什么都不想,我愿意做的事我就答应,不愿意做的事我就直接拒绝。至于别人是什么反应,我一般管不了那么多。我想任何人被拒绝肯定都是不开心的,不过到现在为止,也没有人因为被我拒绝而和我绝交。反正我对事不对人,大家也知道我的性格。

后来,他就这个问题和我聊了几次。那时候我还没开始创业,也没有太好的办法给他,因为我的建议他做不到,他就是很难拒绝别人,我也不能跑过去帮他拒绝。

后来我自己忙了,他因为工作也去了别的城市,中间除了过年过节问候,我们基本没什么联系。

记得有一年过年期间我们碰到过一次,他问我:"我给你发祝福消息你好像很少回?你对我有意见吗?"

我说:"没意见哪。我看情况的,如果你是单独发给我的祝福,我一般会回的,但如果你是群发的,我就自动过滤了。"

其实那天我们也没怎么聊天,他因为收到了很多群发祝福消息,正在及时地一条条回,觉得不回不尊重别人,回晚了也不好。

看到我还是选择性地回几条消息，他觉得我真轻松真潇洒。

再后来我听说他和一个朋友合伙去创业了，并且挺成功的，赚了很多钱。我们再见面就是今年了，他豪爽地说要请我吃大餐，我感觉他的变化特别大，听声音都能感觉他打破了一种气场。

刚见面我就开玩笑说，这坐姿是大佬的坐姿啊。他"哈哈"一笑，调整了一下坐姿。

刚落座他就接到电话，似乎是有人邀请他晚上应酬，他说："不好意思啊，我昨天出差刚回来，今天请朋友吃饭，今晚就不参加了。"

我定定地看着他说："你这些年身上的变化很好。"

他好奇地问我有什么变化。

我说："我记忆中的你是从来不会拒绝别人的，别人找你应酬，你不管多累都会答应。但是今天你这么干脆利落地就拒绝了。"

他解释说今天的应酬没什么意思，就是一群人喝酒，吹吹牛，他还不如在家玩手机呢！

我说："这就对了啊，以前你哪里会管有意思还是没意思啊，反正不能拒绝别人。现在你以自己的感受为主了，总之就是气场强大了，底气十足。"

我开玩笑说他估计是财富多了，财大气粗嘛！

他笑了笑，既没承认也没否认，但我知道事业的成功和财富的剧增一定是核心原因。

我见过不少人，原本谨小慎微、底气不足，一旦事业成功和获得财富后，整个人都会发生蜕变，无论能量、气场还是自信心，和之前完全不一样。

经常有人来求助，觉得自己内心太不强大了，总希望我给个方法，能让他变成一个内心强大的人。

但我很清楚这是不可能的，没有谁会因为别人的三两句话就变成内心强大的人，最多被鼓励的那一刻觉得被赋能了，但过不了两天就回到原点了。

这就好比一个长期气血两亏、四肢冰冷的人，努力向别人汲取温暖，别人也努力给予，但最后会发现收效甚微。如果一个人不能自己供热，谁都无法解决他的寒冷问题。

而一个人的内心是虚弱还是强大，很大程度上是由一个人的现状决定的。一个人如果没有构建好自己的人生护城河，没有拿得出手的一技之长，也没有足以让自己安身立命的财富，那么大概率会不自觉地缺乏底气，于是在社交中就会给人一种很弱的感觉。

这个时候，即使他有心想做一个内心强大的人，也很难做到。自己没资本的时候，即便他展现了内心强大的一面，往往也会让人觉得色厉内荏。

我举个例子大家就明白了。如果你是一个弹丸小国，国力微弱，每天表现出一种"我什么都不怕"的样子，别人会相信吗？你自己相信吗？

而当你拥有很多东西时，或者说在你拥有的过程中，你的内心已经不知不觉越来越强大了，这是一种成功道路上会出现的情况，你看见过几个成功人士内心虚弱？

他们大多自信满满，说话掷地有声。他们并没有刻意培养过自己的内心，但就是比一般人要强大很多，因为他们拥有的资本比别人多。当你拥有很多别人没有的东西时,你还会自卑,还会底气不足吗?

内心虚弱,大都因为人拥有的东西太少,抗风险能力太差,这种人不敢直面冲突,也不敢拒绝别人,生怕陷入更孤立无援的地步。

所以当你发现自己底气不足时,你找任何人都没有用,你找的人内心再强大,也解决不了你的问题。

别人的船再大,未必能载你去理想彼岸,远不如你自己拥有一叶扁舟!

19
这个世界对你设置了两副面孔

某个周末,阳光很好,我窝在先生新买的沙发上做一份活动策划书。先生端着水果来找我聊天,我示意他把水果先放着,等我忙完再吃。

于是,他拿了一袋瓜子在我旁边嗑瓜子,等我忙完,已经是一个小时后的事了。

我满足地伸了个懒腰,对自己的点子非常满意,忍不住眉飞色舞地和他分享起来。

他突然问我:"在你的观念里,女人的精神独立和经济独立是不是放在第一位的?"

我想了想,说:"差不多,所以我的文章、课程、书的内容基本上就是以此为主旨的。"

他委屈地说:"你为什么非要自己追求精神独立和经济独立呢?我对你不好吗?你看,你一生病,我就立刻飞回来,你说要去干什么,我马上相陪。大家都说我对你真的太好了,M还总取笑我,说我惧内呢,什么都听你的。"

平心而论,先生对我真的很好,甚至这些年越来越好,主要表现在他很支持我的事业,给了我足够的自由,更不会像有些男人那样要求女人,尤其是性格非常温和,让我在婚姻里几乎没有任何内耗的情况出现。

于是我反问他:"假如我现在每天出去打麻将,毫不上进,谈吐无物,没事就天天怀疑你在外面干了什么,你只要一离开我的视线,我就各种折腾,然后还越来越老,越来越无趣,你还会对我好吗?"

他张了张嘴,想说"会",但可能连自己都骗不了,最终选择了沉默。

我笑了:"是吧?人应该给别人一个对自己好的理由,如果我是一个每天成长,让你感受到生命力旺盛,能量场强大,目光坚定,行为自律,越来越优秀的人,你对我好是一件非常容易的事。就好比给你一朵香气四溢的鲜花,你和它共处是很容易的事,你甚至会觉得生活因此更美好了。但如果我是一个不修边幅、脾气暴躁、肤浅臃肿的女人,你对我好是违背人性的。就好比现在给你一坨狗屎,让你天天去欣赏它、赞美它,你做得到吗?你会想逃离有狗屎的地方。"

我想起前不久有位粉丝和我探讨爱情和责任的插曲。

粉丝年纪比我大，年轻时也是漂亮娇媚的，然后在最好的年华里嫁给了一个当时非常爱她的男人。

结婚后，他们很快就有了孩子，她觉得工作也赚不了几个钱，还不如在家好好带孩子，就辞职回家当起了全职妈妈。

有了孩子之后，她身材开始发福。一开始她还很想瘦回去，但是时间久了也就麻木了，直接选择放任不管。于是，她从90多斤的苗条姑娘，成了将近150斤的丰满女人。

最初几年孩子还小，她又忙孩子的事又忙家务，没什么时间捯饬自己，虽然老公也提醒过她几次，但她都驳了回去，认为带孩子的女人能有多优雅呢？！

后来孩子被送去了学校，她有大把时间空了出来，但又认识了小区里的几个邻居，天天和邻居聚在一起打麻将。

几年时间，她彻底放弃了自我成长，成为一个每天除了接送孩子，就是看剧、打麻将的女人。但温水中的青蛙是感觉不到危险的，她甚至认为这样的生活很舒服。

当她看到老公在手机上和另外一个女人聊得火热时，她崩溃了，又哭又骂，哭老公变心，背叛当年追自己时立下的海誓山盟，骂老公不是东西，罔顾自己的家庭责任。

在她的预想中，老公应该害怕，应该向她道歉，求她原谅，结果老公只是冷冷地看着她，一脸嫌弃和不耐烦的表情，问她闹够了没，能接受为了孩子就继续过下去，不能接受，随时可以离婚。

她当时就傻眼了。她不敢离婚，离婚后得自己出去赚钱。她已经好多年没工作了,不知道外面的职场是怎么样的,本能地恐惧,但不离婚其实内心特别窝火,所以来找我探讨爱情和责任。

她认为她老公是完全过错方。当初是他追的她,并且百般保证会一辈子对她好。但是现在他违背承诺了,也背叛了家庭责任,而且还一点儿悔改的表现都没有——男人怎么可以这样呢?

我反问道:"即便你说的一切都是对的,但他就是要这么做,你有什么办法不让他这么做吗?"

她还是继续谴责对方,我在心里无奈地叹了一口气。很多人在执着地分对错,却忘了,就算你全对,就算你有理,可是别人就是不想对你好,不想爱你了,你又能如何呢?

如果感情中只有对错,那就不叫感情了,主导感情的从来不是对错,而是你情我愿。

你向外求任何东西,基本上都会失望,唯有向内求才有可能如意,成年人最愚蠢的就是不断地去争论是非对错,不断和对方讲道理,企图证明对方错得离谱,但那又如何呢?他难道不知道什么是对,什么是错吗?但他知道什么是对什么是错,还是愿意这么去做,这才更伤人哪!

这就好比很多人知道学习有益成长,但还是选择了颓废度日,知道努力有益成功,还是选择了躺平。对错是一回事,选择又是一回事。

大多数人不是不知道对错,只是错的那个选项更吸引他而已。人生很现实,人性更残酷,每个人都天然喜欢更美好、更有价值的人和事。

所以，我们永远不要成为一个正确却挑战人性的选项，和人性作对的人基本没有好下场。

这个世界上没有绝对的好人或坏人，人性也没有绝对的善良或邪恶，一个人如何对你，本质上是根据你能给他带来什么样的利益决定的。你对他有价值了，他对你绝对是善良的，当你要把利益拿走时，他的人性可能就是邪恶的。

这个世界对你设置了两副面孔，你最终得到的是哪一副是由你自己决定的。

我记得黄渤成名后，媒体采访他问他成名前和成名后有什么不同时，他笑着说："自从我火了以后，身边都是好人，每一张脸看自己时都洋溢着笑容。"

如果不想见到黑暗的一面，你就要让自己越来越有价值；如果你想见识这个世界的黑暗面，彻底放逐自己即可！

20
一场对青春的缅怀

先生出差回来和我聊天,无意中说起朋友送他两张张学友演唱会的贵宾票。本来他想去看的,但是想到我对此不感兴趣,他一个人去也没意思,尤其是他曾经看过张学友的演唱会,就给谢绝了。

我郁闷地说:"你又没问过我,怎么知道我没兴趣呢?我想去看的啊!"

他惊讶地说:"你每天都忙着创业,哪里有时间去听演唱会啊?以前无论我想和你去看电影还是去听音乐会,你都是一口拒绝我的。"

我说:"我今年已经调整了啊,你没看见吗?"

他说:"我以为你对这种闹哄哄的演唱会不会有兴趣,现在票都已经还给人家了,说不定人家早就有其他安排了,我也不好意思再去要了,等下次吧!"

隔了一段时间,有朋友给我发消息说,她手里有两张演唱会的门票,而且是贵宾包间票,问我有没有兴趣。我问是谁的演唱会,她说是汪峰的,我说我喜欢听港台老牌歌星的演唱会。

她问我具体想听谁的,说她帮我去弄。我说其实我最喜欢的歌星已经去世了,剩下的喜欢程度都差不多,刘德华、张学友、谭咏麟、罗大佑等都行,演唱会地点最好是江浙沪的,毕竟我也做不到为了看一场演唱会飞老远的事,年纪大了。

不得不说,我是有点儿莫名其妙的运气在身上的。隔了不久,朋友给我打电话说,他们因为合作关系,手里有一些演唱会的贵宾票,位置都还不错。然后,她把具体时间和歌星名字发给了我。

我和先生一商量,最终选了刘德华的演唱会。

演唱会基本在周末晚上,我和先生很早就把周末的时间空了出来。

那天早晨,我起来就预约了美容服务,折腾了4个小时,又去把头发卷了,然后在镜子前选衣服,衣服、首饰堆满了中岛台。

先生过来说:"你是去约会吗?有必要这么隆重吗?"

我笑得开怀:"我是和过去的自己去约会的。"

我好不容易拾掇完自己,和先生驱车前往现场。

不得不说,整个过程都有点儿新奇,让人期待,我这辈子从来没有听过谁的演唱会。我从小喜欢听歌,但也仅限于听歌,没有想过要去听谁的演唱会,或者说当年也没有经济能力去听演唱会。

等我有经济能力时,我最喜欢的艺人已经离世了,我就更加没有这些想法了。所以,我对谁都是淡淡的喜欢。

但今年不知道为什么,我对演唱会产生了兴趣,很想去现场感受一下气氛,于是就有了这次行程。

我想,可能我想体验一下以前没有体验过的事,也想追忆一下自己的青春,更觉得那些港台老牌明星基本已经六七十岁了,我再不去听一听他们的演唱会,可能就永远没有机会了。

门口有很多卖花、卖荧光棒的人,每一处都聚集着一些人,热热闹闹地讨论着自己喜欢的偶像。

先生问我要不要买,我说:"不用,我就是来感受一下气氛的。再说了,你在我旁边,我也不好意思对别人表现得太过狂热啊,何况我本来就是一个情感内敛的人。"

他说"你这样看演唱会就没意思了",然后不由分说地把该买的东西都买了,并且笑着告诉我,到时候一定要大喊大叫,不然太扫兴了。

其实演唱会还没开始,我已经感受到了那种火热的激情。我看了一下来的人,和我年纪差不多的人最多,可能现在的年轻人更多愿意宅在家里看短剧吧!只有我们这些将老未老的人,才来追忆曾经的似水流年。

演唱会刚开始的时候,大家还是比较内敛的,但几首歌之后,观众的情绪渐渐高涨。大家不断挥舞着荧光棒,或者合唱。我前后左右看看,大家都激动得不行。

演唱会开到一半的时候,大家的情绪就更加高涨了,很多人又笑又叫又哭。如果是以前,我会无法理解这种行为:听个演唱会而已,至于吗?大家就不能好好地听听歌吗?

但是那一刻,我特别能共情。一群已经四五十岁的人,在生活中也许已经被磨没了棱角,也许已经压抑很久,唯有在这样的场合才能彻底释放自己的感情。在笑声和哭声中,也许有他们已经回不去的青春,也许有不如意的现实,所有情绪都需要在这一刻宣泄出来。我看着这众生相,突然间也有点儿热泪盈眶。

我想这一刻,很多人的悲喜是相同的,很多人的内心是激荡的,原来自己还有感情如此强烈的一面。

这些年,老牌明星纷纷出来开演唱会,大多场场爆满,据说去的多是和我年纪差不多甚至年纪比我更大的人,其中以女性为主。

她们也许嫁给了爱情,但依然尝到了婚姻的苦,经历过带娃的难,最终眼睁睁地看着生活离自己想要的模样越来越远。

她们也许失去过爱情,向现实妥协过,但曾经的回忆永远无法忘却。所以她们听见老歌会流泪,因为听着这些老歌,会想起自己最初的模样。

而此刻这个年纪,我们谈爱情太奢侈,谈死又太早,人生百味,体会殆尽。这些年我们哭过,笑过,努力过,坚持过,绝望过,但心中依旧保持着那一点点纯真。

唯有在这些场合,我们可以放纵自己,没人笑话,没人打击,可以让热情重燃。

当今社会商业经济空前发达,但是纯粹的文化和浪漫的精神追求，已经变成了一种奢侈品，于是很多人只能追忆。

现在的电视剧，演员片酬高出天际，服化道精美，却难以让人记住。

因为利益至上的时代，有的人已经做不到精工细雕了，速成和名利是被放在首位的，而以前的人演戏是用心在演的，唱歌是用情在唱的，感觉完全不一样，即便以前的设备落后，但实力足以弥补一切。

以前的老牌艺人大多不是因为钱从事演艺工作，而是因为自己热爱，至情至性者频出。

港台老牌歌星甄妮得知老公出车祸那一刻，选择殉情，被救回后献身音乐，在搭档罗文去世后称，从此再也不唱"射雕三部曲"的歌。而如今娱乐圈的人今天结婚，明天出轨，后天离婚的故事屡见不鲜。

乐坛教父罗文终身未婚，无儿无女，将一生都献给了音乐，当《铁血丹心》的前奏响起时，不知唤醒了多少人的年少豪情，如今这首歌已成绝唱。

词曲作家黄霑、顾嘉辉并称"辉黄二圣"，一生作词作曲无数，可以说撑起了当年乐坛的半边天。那种雄厚的古文功底，字斟句酌的匠心，如无感觉，宁可一曲不作，一词不写，也绝不敷衍的艺术追求，现在估计已经少有。

万千香江少女的偶像歌星陈百强，出身优渥，不愿继承家业，也要用一生去追求音乐，那种干净到极致的声音和纯粹到不染纤尘的眼神，是我此后多年都未曾在其他人身上见过的。

也许我们也浮躁过、动摇过，但内心深处，对纯粹东西的渴求是永远不变的，即便身陷琐碎生活，面目模糊，心中却始终记得年少情怀，以各种方式去追忆，去怀念，去感慨，直到70岁、80岁，乃至终老……

21
人生的终点不是死亡,而是被遗忘

很久以前,我在网上看到过一段话:"亲人刚走的时候,你不会觉得特别难过。等一切平静下来,你看到他在这个世界上生活过的痕迹,看到他用过的东西,却发现那个人已经不在了,难过情绪才会席卷而来。死亡不是真正意义上的结束,遗忘才是。"

今年我爷爷去世了,享年95岁,高龄喜丧。大家在葬礼上基本也没怎么哭,因为我们都有足够的心理准备,知道这一天迟早要到来。

那天早上6点多我妈给我打电话说,小姑姑说我爷爷的大限就在今天了,让我们赶紧回老家。我们迅速穿戴好,走到门口又接到我爸的电话,说我爷爷呼吸还挺好的,小姑姑又大惊小怪了。

因为小姑姑之前"狼来了"的故事确实挺多的,我们又放下心来,结果7点多的时候我爸打来电话说我爷爷已经去了。

当时我最真实的心情是遗憾:为什么我们6点多没出发?明明我们都已经准备好了,就算再跑空一次又如何呢?

尤其是听到别人和我说,当时小姑姑对爷爷说"你再等等,你最中意的孙女还没有到,等她到了你再走",我心中遗憾感更甚。

其实我爷爷去世的前两天,我一直在老家,但还是没有送到他,虽然他最后几个月根本不认识人了。我大姑姑说其实我有没有赶上也没太大区别,他根本不认识我了。

因为爷爷是高寿喜丧,基本没什么人哭,我大姑姑还笑容满面地在和别人聊我爷爷的生平,指着我说:"我爹生前最中意的就是她了。我爹从来不重男轻女,只偏爱聪明有出息的人,是男是女不重要。"

确实,我是受我爷爷偏爱最多的人,所以和他感情也就更深。我这一生受他影响的地方也很多,也许他有那个时代的人的局限性和文化程度不高的缺憾,但依然告诉了我很多人生道理。

我们家奉行的一直都是打击教育,父母生怕我骄傲,生怕我不谦虚。哪怕我考试得第一,也得不到什么夸奖,他们只会说别骄傲,等我考上北大、清华再说。

但我在这样的打击教育下,并没有养成自卑、敏感的性格,反而养成了谁都打击不了我的性格,这和我爷爷永远觉得我最好有关。

我们家非常注重孝道，我爸和我姑姑们对我爷爷都是无条件顺从，我爷爷说一不二，非常权威。用现在的话说，我们家的人可能还有点儿愚孝。

在他眼里，我就是全天下最好的孩子。我的两个发小，一个一米七，一个一米七二，我妈嫌我矮，天天吐槽我的身高，我爷爷听见就直接说："要那么高干什么？她又不是竹子，只要脑袋聪明就好。人家是高，考试考得过她吗？再说了，她长太高以后老公也不好找，真是的。"

我小时候，我爸最大的心愿就是我考上清华。他对我只有一个要求，就是每次考试都得满分，但小学我还能做到，初中肯定就做不到了。

我爷爷立刻骂我爸："你一个自己考试不及格，初中都没毕业的人，好意思说她？她起码比你强100倍。"

我小姑姑对我说："你小时候我和你大姑姑还有你奶奶因为你不知道挨过多少骂。有一次我不小心摔到了你，你爷爷骂了我一天一夜。有时候你不乖，我就装样子吓吓你，他就说我虐待你，作势要打我。"

这种偏爱的事迹实在太多，总之，在我爷爷眼里，他孙女就是最聪明、最有出息的孩子，谁也没有我好。所以虽然我出身贫寒家庭，却从来不自卑。

以前我也经常和闺密开玩笑说，我小时候只是缺钱，并不缺爱。

他从小到大告诫我："一定要做一个有本事的人，没有本事的人会被人看不起，会活在各种恶意中。这个社会就是靠本事吃饭的，你没有本事，想让别人喜欢你，对你好，那是不可能的。你没有本事，对别人再好，人家也认为你在拍马屁，目的不纯；你有本事了，就算有时候发发脾气都没关系，谁都不会和真正有本事的人绝交。"

所以，做一个有本事的人从小就根植于我的骨髓里。越到后来我越觉得小时候听到的一些观点，会在成年以后深深地影响自己的行为，这大概就是原生家庭的重要性的体现吧！

其实在我之前，我爷爷最中意的就是我大姑姑，因为我大姑姑在当时是我们家族里最能干的人，一直是他的骄傲。他也经常和我讲大姑姑念书时期的事，比如大姑姑一直考全校第一，比如老师特别喜欢她。他给我树立了一种有能力的人必会得到优待的根深蒂固的观念，让我不知不觉就沿着这条路走下去了。

后来，我自己创业，一半靠运气一半靠努力吧，在很短的时间内就做出了成绩。于是，我就变得出手"阔绰"起来了。每次回老家，我都会给他带他平时舍不得买的烟和茶叶，节假日再给他封个红包，看他开心地数钱。

他曾生活在物资匮乏年代，有那个年代的"抠"的特性。但遇到我小爷爷、堂叔叔们过来，他总会笑眯眯地把我送给他的东西小心翼翼地拿一些出来让他们品尝，然后骄傲地告诉他们："这是我孙女买给我的，怎么样？"

大家也乐意哄他说："你孙女买给你的东西还有差的啊？她

最有本事了，以后啊，你就可劲享她的福吧！"

这时候，我爷爷会笑得心满意足，仿佛喝了10斤人参鸡汤。

我写到这里，心头突然有些难过。以前我每次回老家，我爷爷都会坐在饭桌边拨弄他的香烟，看到我出现，会笑着招招手，说："来，来，来，帮我看看这香烟上写着什么啊？"

以后，再也不会有一位老人，看见我就无比高兴地对我招手，在我逗他的时候，笑骂一句"没大没小的小畜生"。

在他93岁的时候，我还曾和他约定，等他百岁的时候，我一定要好好给他办个百岁宴，把所有亲人都请过来，把唱戏班子也叫过来，还有左邻右舍全部给他请过来，热热闹闹地办一场宴席，让他做最幸福的老寿星。

他一边憧憬一边心疼地说："这得花多少钱哪？钱可不能乱花啊！"

我说："你放心吧，还有好几年呢，那时候我的事业肯定做得更大了，怕什么啊？！"

很多人说，我爷爷这么健康，头脑这么清楚，很有希望活到100岁。但自从去年摔了一跤后，他脑子就糊涂了，身体也渐渐虚弱了，100岁的愿望，终究还是落空了。

我们全家人都不太有仪式感，很少给我爷爷拍照、拍视频，觉得人就在跟前，还有什么好拍的？幸亏我先生是个非常有仪式感的人，每次陪我回老家，都会好好给我爷爷奶奶拍一拍照片和视频。最终，我们全部人的手机里有关爷爷的照片和视频加起来也没有他一个人的多,但是爷爷再年轻一些的时候,几乎没有任何相关的影像。

曾经,我以为人到中年,最大的难关就是上有老,下有小,压力山大。现在我才发现,人到中年,最大的难关是我们会看着身边的亲人一个个离去,最终我们的来路上再也没有人。

我曾以为我是一个内心非常刚毅的人,但随着年龄越来越大,才发现所谓的刚毅只是保护自己的一种表象,内里包裹着的心始终柔软。

有时候,我甚至希望别人对我差一点儿,因为对我差的人离开我,我不会伤心,但对我好的人离开,其实我心里很难过很难过。谁对我好了,我恨不得十倍回报。这并不是我有多感恩,而是我回报了,内心就很舒服。

我以前不理解先生为什么会对很多人是毫不计较的态度,总觉得他有点儿傻,但现在似乎渐渐理解了,人到了我们这个年纪,问心无愧是一种难能可贵的状态。

其实我们和身边的人的缘分都是有限的,不知什么时候缘便尽了,所以还拥有的时候,我们便得好好珍惜。

我写完这篇文章,爷爷的音容笑貌在眼前浮现,仿佛他从未离去。我脑海里突然浮起一句诗:"满目山河空念远,落花风雨更伤春。不如怜取眼前人!"

22
去留随缘,从不后悔对你好

朋友出差路过我所在的城市,我们就相约出来聚一聚,一同来的还有她的小助理。小姑娘刚刚大学毕业,看得出来是个活泼的性子,但是在朋友面前总有点儿怯怯的,朋友对她也是一副公事公办的态度。

小姑娘情商很高,主动承担起了点菜叫菜的事。点海鲜需要去点菜区,我趁机小声问朋友:"怎么了,你不喜欢你的小助理?我觉得这小姑娘挺不错的。"

朋友摇摇头,说:"不,恰恰相反,我很喜欢她。她积极主动,情商也高,在我心里就像是一个小妹妹一样。每天早上我去办公室,她都会给我泡好养生茶,发现什么好吃的东西,也会悄悄地在我的桌上放一份，机灵却不要心眼，现在这样的小姑娘十分难得！"

我说："那你对人家这么严肃，是故意在考验她？"

她还是摇摇头，和我说了一个故事。

她说她以前也有一个助理，对方和现在的小助理性格挺像的，她们两个人差不了几岁，就处得和闺密一样，一起见客户，一起做方案，一起逛街，一起吃夜宵，感情好得不得了。

可是后来，助理的父母身体不好，她又是独生女，不得不选择辞职回去照顾父母，而她的老家在几千里之外的地方。

这个消息来得太过突然，打得朋友措手不及，但尽孝之事谁能说不？朋友只能默默地签下离职同意书。

最后一天，朋友给助理举行了隆重的饯行宴，掩饰住满心不舍的情绪，含笑祝福，二人互道珍重。

第二天朋友上班时，工位上再也没有熟悉的身影，没有人给她带好吃的小笼包，也没有人"叽叽喳喳"地和她说各种小道消息了，助理的工位上坐着一个陌生的女孩，那女孩偷偷地打量着她。

看着陌生的女孩，朋友一刹那有些恍惚。助理入职时的场景还历历在目，但所有的一切已经和她无关，仿佛她从来没有来过，只留下空空荡荡的办公桌和朋友那颗空落落的心。

朋友苦笑着摇了摇头："我现在不太敢对一个人太好，怕分别时我舍不得。说真的，这和失恋的感觉差不多，一个人突然出现在你的生命中，又突然消失，如果没有特殊的原因，可能你们此生都不会再见了，这种感觉你懂吗？"

我心有戚戚焉。其实我们都是用事业把自己武装得坚不可摧，不想让别人看见我们的软弱，怕被人拿捏。但事实上，无论我们怎么掩饰，我们终究是肉体凡胎，有着七情六欲。

记得7年前，我坐月子那会儿，月嫂在月子中心照顾了我一个多月。后来我要出院了，她也要离开了，当她拎着行李离去时，我站在窗前泪流满面，目送她远去，直到再看不见她。当天晚上她给我发消息问我怎么样，我又一次泪流满面。

朋友说："既然你也有差不多的心情，所以是理解的，对吗？"

我说："我理解，但是我和你的选择不同。我们的生命中会出现很多匆匆而过的人，也许我们只有一段时间的缘分，除了亲人，我们和很多同学、同事、朋友的缘分不会太长，就因为不会太长，所以更要珍惜相处的时间。如果我是你，我会告诉我的小助理，我真的很喜欢她，很欣赏她。我不会因为害怕失去就不敢投入。"

朋友陷入了沉思之中……

我想起前不久有位年轻的姑娘和我说，她遇到了一个很好很好的男人，对方努力、上进、性格好，对她也上心。她内心对他十分满意，可是又不敢太投入，怕自己陷进去受伤。现在的离婚率那么高，很多恩爱夫妻没几年就分道扬镳了，她怕到时候自己痛不欲生，所以只敢浅浅地爱。

可是这种感觉就好像穿着雨衣洗澡，非常难受，明明她想见对方，却要压抑自己的思念之情，明明很喜欢对方，却不敢表达，怕真情被辜负。

最关键的是原本对方对她很热情，但因为她一直都是态度淡淡的，对方的态度好像也开始降温了，所以她很矛盾，一边不想失去，一边不敢深陷，这段感情竟成了沉沉的心事。

我跟她说："如果你觉得他是对的人，那就放手去爱；如果你觉得他不对，那就立刻转身。不要让明明对的人成为错误的缘分，最终辜负了别人，也惩罚了自己。"

回去的路上，我一直在想一个问题：如果一个人迟早会离开我，我会怎么对他？

其实我们遇到一个人时，根本不可能预先知道和这个人的缘分有多长，但如果知道这个人迟早要离开我，只要他是对的人，我就会尽我所能地对他好。也许他离我而去那一刻，我会很伤心、很不舍，但因为我们相处的时候我已经倾尽所能地对他好了，所以我不会遗憾，未来想起相处的时光时，可能是深深的怀念，也可能是淡淡的眷恋。

但假如因为我知道这个人迟早会离开我，我怕自己伤心、舍不得而不敢去付出，未来想起他的时候，可能满满都是遗憾的感觉，甚至会深深地内疚，后悔自己曾经为什么不对他好一点儿。真正让一个人寝食难安的是内心的折磨。

我曾经有个闺密，我们俩关系非常好，好到同吃同住，同进同出，仿如一人。后来她随老公出国了，而我也开启了自己的事业。

分开那天，我们抱了又抱，海誓山盟，她承诺每年都要回来看我，我承诺一定出国去看她，不管什么时候，我们永远都是最好的闺密。

刚分别的那段时间，我们又是打电话又是发微信，仿佛从来没有分开过，身边的朋友说热恋中的情侣也不过如此。说实话，她刚走的那段时间，我精神委顿，很多人误以为我失恋了。

渐渐地，我越来越忙，她也有了自己的华人圈子，我们联系得越来越少，有时候甚至几个月不联系，但知道彼此都很好就够了，想起同床共枕的那些年，满满都是美好的回忆。

曾经我以为我们会一辈子在一个城市，但现在天各一方。如果我知道我们日日相处的日子只有那么几年的话，便会对她更好。我不会因为要分别，就不敢对一个人好。

我生日那天，收到了很多离职小伙伴的祝福语和礼物。我想起和他们共同奋斗的日子，有牵挂，有怀念，有祝福。虽然我们很有可能这辈子都再难见面，但知道彼此安好，那就够了。

我也收到了很多朋友的祝福语和礼物。想起我们曾经相处的日子和朋友一如往昔的牵挂之心，我内心就流淌着感动情绪。

每个人在各时期都有不同的际遇和追求，分别在所难免。唯愿远方的你，目有苍穹，胸有沟壑，前路坦途，青云直上！

23
谁家锅底没有灰

因为我连续感染肺炎,抵抗力急剧下降,时不时地感冒发烧,平均一个月一次,于是很多聚会都搁置了。前几天,一位距离我300公里的女友N问我在不在宁波,我说在啊,大病初愈呢!

她说她还没有痊愈,但是想到好久不见了,想着大家要不要聚聚,问我有没有时间。

我很爽快地说:"有啊,今年我会有很多时间的。"

她惊讶地说:"你转性了?"

我说还好啦,就是今年很多想法不一样了。我都已经40多岁了,不能再一直闷头工作了,今年想多出去学习、考察,也和大家多聚聚。

然后我问她身体没事吧。

她一下子给我发了4张自测结果的照片，扯着破锣嗓子说没什么大问题，她都测过了，虽然生病了，但不会传染给我们的。

嘿，她真自觉，我现在是真不敢随便生病了，一来难受，二来很多工作被耽误了，未来的重点之一就是一定要好好保护自己的身体啊！

定好时间、地点后，附近的闺密发消息说来接我，我心中涌起一阵暖意。我们认识已经快20年了，虽然各自结婚生娃了，现在聚得也不多，但当年的感觉全部都在。

见了面之后，我们相互一顿夸，恨不得扑上去亲对方两口，还没怎么样呢，心中已经充满了喜悦之情。

N说她太久不来了，开错了路，于是我们边聊边等她，想着她应该会很精致地出现在我们面前。

结果，半个小时后，门一开，我震惊地问她："你到底是开错了路，还是遇到了打劫的？"

她整理了一下仪容，说："没遇到打劫的。这不是急着和你们见面吗？风太大了！我一下车就把我吹成了这副鬼样子。"

N问我："今年你是第一次尝试两家人一起过，怎么样？没出什么问题吧？"

我回她："风调雨顺，其乐融融。你呢？"

她得意地笑了笑，说："和你差不多，那叫一个和谐啊。今年真的特别和谐，我还觉得奇怪呢。我原生家庭怎么样，你也清楚，反正和你是不相上下啊，但现在就是其乐融融。有一天我在你的朋友圈看到了一番话,还转发给其他人看呢。你那话绝对是精髓啊!你说过年要其乐融融,就是得有一个愿意出钱不计较的人,有一群心甘情愿出力的人,还有最牛的那个人得三观正,大概就是这个意思吧!"

我"哈哈"大笑说:"我随便发了条朋友圈,还引起你这么多共鸣哪!"

她说:"是啊,我以前刚认识你的时候,你是一个不食人间烟火的才女啊,我看你很不顺眼,想着这么清高干什么啊!所以我天天到你面前提钱,给你灌输经济独立的重要性,结果你孺子可教,迅速辞职创业,现在活得比我还通透。女人,我告诉你哟,想要生活自在就得经济独立,尤其像我们这种原生家庭很不给力的人。今年过年我们家族所有的花销都是我出的,我带大家去外面旅游了一趟,大家都相亲相爱,无比和谐。"

我说,我生病了,没带大家出去玩。我生病无聊就躺在床上天天在家族群里给大家发红包,发了一个春节。一开始我大姑姑说我是不听话才生病的,我红包发到最后,她说我人美心善,以后无病无灾!

大家笑作一团,T说:"人美心善还有一个比较直白的词你知道吗?你大姑姑其实在说你人傻钱多。"

我说道:"她还真经常这么说我。我其实挺缺钱的,但是为人大方啊!承认一下我大方豁达有那么难吗?非得说我人傻。"

T是我们当中原生家庭最好的。父母感情好,T又优秀能干,是典型的"白富美",所以她的成长之路一直都是顺顺利利的。

她的成长环境和我们的完全不同,所以她不太能理解我们的感慨。

N激动地说:"亲爱的,你是'白富美',不知道我们从小到大有的那种匮乏感。我和晚情都是需要自己很努力很努力才能从泥潭里爬出来的人。即便现在日子好过很多了,我们还是会很努力、很紧绷。你要知道一个饿久了的人,就算已经不饿了,他也不会完全安心的。这就是我和晚情这些年来明明事业都做得不错,还是很拼命的原因。有时候想起来就心疼自己啊!因为我们小时候物资太匮乏了。"

我听了这话心有戚戚焉。可能只有原生家庭相似的人,才会完全明白她说的那种感觉。

N继续说:"尤其是我们自己努力打拼后,认知和能力都提升了,知道该如何待人接物,但我们的原生家庭的成员不是靠自己努力得来的这些东西。有些话不太好听,我不知道怎么说。"

我拍了拍她的手,说:"你别激动,我来替你说。原生家庭不好对一个人最大的影响,不仅仅是小时候物资匮乏。在奋力爬出那个泥潭后,你心怀柔软,也想让家人一起过上好日子。这好日子是你凭自己努力得来的,但对你的家人而言像中彩票得来的,他们缺乏相应的奋斗过程和认知提升过程,所以他们的生活和认知其实是不匹配的。然后他们就会做一些让你一言难尽的事:比如回老家到处吹牛,给你拉仇恨;比如在老家到处夸口,然后这个人找你借钱,那个人找你安排工作,给你惹出很多事来。事实上你并没有那么大的能力,等于在自己打拼的同时,还要不断回头擦屁股,那就是双重心累。"

N说:"果然说出了我的心声。"

我无奈地笑了笑:"你经历的事,我都经历过。不过我性格比你狠,所以这些事情很早就被我通通杜绝了。虽然江山易改本性难移,但是我现在想通了,这世上有十全十美的人生吗?我们再努力估计都不可能过得十全十美,谁家的锅底都有灰,这才是人生常态啊!"

N惊讶地说:"女人,你现在活得这么通透啊!所以我大老远都要跑来和你们聚啊!只有对着你们,我才觉得聊天真有意思,尤其是晚情,我们成长环境差不多,一说就有共鸣。"

如果上半场我们聊的是各自的人生,下半场聊的就全部都是事业了。一年不见,T已经在上海把事业干得风生水起了,N的投资也做得如火如荼。我们聊未来的风口,聊新项目,聊可供互换的资源,聊考察,嗑了好几盘瓜子。

本来说是一起吃中饭的,结果聊起事业来,我们根本停不下来,足足聊了6个小时,当场就定下了2场考察活动。

我很喜欢和事业型的朋友聚会,大家相聚就是聊聊各自的情况,分享打拼的心得,交换信息,彼此打气,让我无论在什么年纪都觉得热血沸腾,仿佛我的人生才刚刚开始……

24
成年人的渐行渐远,从来都是心照不宣

中秋节那天晚上,我邀请了前后左右的邻居一起过节,大家在院子里赏月吃月饼,聊人世间的悲欢离合。

一位读者给我发消息说:"晚情姐,本不想在这个团圆的日子打扰你,可是我实在很难受,只好冒昧找你了。"

读者说她娘家在北方,她的工作在南方,中秋节只有3天假期就没有回去,一个人待着,突然之间很多前尘往事又想不通了。

她和前夫已经离婚两年了,离婚是前夫提的,说他们两个人性格不合,生活在一起不幸福,不如分开。她哭求过,挽回过,但对方都无动于衷,只是把大部分财产给了她,然后两个人的婚姻就此结束了。

她之所以会同意离婚,也是因为一直以来都挺优秀,内心有自己的骄傲,不想变成一个胡搅蛮缠的女人。

但是离婚已经2年了,她还是没有走出来。她想不通为什么前夫会觉得两个人性格不合,性格不合还能恋爱3年,结婚2年吗?她也想知道他有没有爱过自己,当初和自己在一起是觉得自己挺适合当老婆的还是因为爱自己。她更想知道他和自己离婚是不是爱上别的女人了。

随着时间推移,这些念头不但没有消下去,反而越来越强烈,她很想去问问前夫,问我这么做合不合适。

其实谁都知道所谓性格不合,就是"我不爱你了",而他之所以不爱,可能是因为在生活中慢慢被磨灭了心中的爱,也有可能是另有所爱。但不管如何,他们已经体面地分开了,她何必再去追问呢?

有时候对方不给你真实答案,也是为了让彼此体面,你却偏偏要去追根究底,那等于是自讨苦吃。

和在乎的人分开,只要是有感情的人必然会受伤,但你非要去问个明白,可能就会第二次受伤。如果答案很伤人,让你耿耿于怀,等于你会第三次受伤,而且你多长时间走不出来就要受多久的伤,所以,何苦呢?

我很久之前曾经写过一篇文章,里面有3个振聋发聩的问题:

1. 这个世界上有没有一个人是因你而生的?

2. 这个世界上有没有一个人是必须爱你的?

3. 这个世界上有没有一个人是绝对不能离开你的?

答案都是没有，大多数出现在我们的生命中的人，不能陪我们终老。有的人可能因为三观不同，渐行渐远了；有的人可能因为感情淡了，渐渐疏离了；有的人可能因为人心变了，慢慢离开了。纵然内心再不情愿，我们也改变不了什么。

缘起时，含笑面对，缘灭时，体面退出，这是我们对别人最得体的回应，也是对自己最好的保护，任何感情上的事情，只难过一次，如有第二次，则是自找！

我讲个我自己的故事吧！

我念书那会儿有一个很好的朋友。我长得娇小，性格活泼，而她长得高大，性格沉稳，颇有大姐大的风范。我们俩关系很好，几乎形影不离，哪怕到了周末，我也经常去她家找她玩。

但突然有一天，她就不理我了，一开始我以为她自己心情不好，不疑有他，照样找她说说笑笑，而她非常敷衍，甚至冷淡。我也不是傻瓜，自然感觉到了变化。

我反复回忆自己是否做过什么对不起她的事，但始终没有想出任何蛛丝马迹。

后来，其他关系好的朋友也看出我们俩不对劲了。有一次，我的同桌问我："你们俩怎么了？以前你们不是好得跟一个人似的吗？发生什么事了？"

我说："我也不知道。"

她说："那你要不问问？"

我没有去问。那时候年少气盛，事实上我心里也有些生气：我们做朋友这么久，如果我有什么地方做得不好的，你可以直接提出来，突然冷战是几个意思呢？

所以后来我也直接不理她了，因为我生性兼具洒脱和骄傲，奉行的是：中华儿女千千万，何必单恋一枝花！

后来我同桌猜测说：朋友喜欢上了一个很优秀但很严肃的男生，但因为矜持，根本不敢和对方多说一句话，只好把相思之情埋藏在心里，而我性格活泼，没有这些忌讳，经常和她喜欢的人说说笑笑，她可能误会或者吃醋了。

同桌问我要不要去确定一下是不是这个原因，我说顺其自然吧。我很清楚，那个男生根本不喜欢我，他其实更喜欢温柔一点儿的女孩子。我也不喜欢他，他的长相不是我喜欢的那个类型，只是当年我们成绩都很好，偶尔会探讨一些高难度的题目而已。

何况，我怎么问呢？我去问朋友是不是误会或者吃醋了，再表明其实他不喜欢我，我也不喜欢他？这样不过是让彼此更尴尬而已，我何必让彼此更下不来台呢？！

时光匆匆，很快别过，我们几乎没有了联系。

多年以后，有人组织同学聚会，我们又一次相聚了。在熙熙攘攘的人群中，我们面对面坐着，仿佛曾经的一切都没有发生过，心里却已隔着千山万水。

同学聚会自然免不了聊聊谁喜欢谁的问题，有人说大家在传我当年喜欢另一位男生的绯闻，我差点儿被一口饮料呛死，立刻举手发誓："绝对没有，如果我曾经喜欢过他，让我这辈子孤独终老。幸亏来参加同学聚会了，不然这口锅我得背到什么时候啊？"

有的人表示相信我的话，有的人表示不信，因为当年我和那个男生确实走得挺近。但天地良心，我只是觉得他特别有才华而已。

在大家玩笑的时候，朋友突然说："我做证，她绝对没有喜欢过谁！"

有人叫道："你又不是她肚子里的蛔虫，怎么知道的啊？"

她说："因为我们是闺密，我当然知道！"

"闺密"两个字让我恍惚了一下，然后我含笑点了点头。

很多人以为我们俩早就和好如初了，但是我清楚，我们回不到从前了。果然，聚会结束之后，我们再也没有联系过，至今已经十几年了……

这些年其实我很庆幸，当年忍住了内心的猜想和求个明白的冲动情绪。年纪渐长后我才明白，人与人之间的缘分是有时限的，在某个阶段里，我们可能会和谁特别要好，但过了这个阶段之后，感情就会慢慢降温，即便没有发生任何插曲，也会随着毕业、工作、结婚、生孩子等各种原因而慢慢变得疏离。

其实谁都明白这份感情在变淡甚至消失，但都不会去问，这是彼此最后的默契，问了，等于把最后的体面都撕开了。

我们不是小孩子了，什么事情都要问个明白，要对方明明白白地告诉自己：你为什么不理我？

这不是为难对方，也不放过自己吗？

对待这些曾经出现在你的生命中却又突然消失的人，最好的态度就是：原以为人生何处不相逢，却不料从此山水各一方，那么，便不再问故人短与长吧！

25
愿你有双向奔赴的能力,也有一人吹风的自由

国庆节长假后,小伙伴们都回来上班了。说实话,一个多星期不见,我有点儿想她们了。和一群年轻的女孩子在一起,听着她们爽朗的笑声,仿佛能看到曾经的自己,我总觉得自己也很年轻。

上班第一天,天气非常好,退去了夏日的灼热感,隐隐有股凉爽的味道,空气中弥漫着桂花的甜味,我搬了把躺椅坐在大办公室里和她们聊天。

有人说去外地玩了,有人说担心人多,只到周边去看了看,还有人说去参加婚礼当伴娘了。

于是,话题就围绕着当下人的婚姻现状展开了。

当伴娘的小伙伴感慨地说:"结婚真没有意思啊!"

其他人纷纷附和。

我笑着说:"一个个年纪轻轻的,怎么仿佛看破红尘了呢?你们看看我呀,我不是过得挺好的?一个人有一个人的自由,两个人也有两个人的精彩嘛!不要这么灰心丧气的,恋爱还是很美好的,婚姻也可以很幸福!"

但她们还是一副敬谢不敏的样子。我坐起来对当伴娘的小伙伴说:"来,你和我说说,你当伴娘到底遇到了什么,让你觉得结婚这么没意思?"

小伙伴说:"不但我觉得没意思,连新娘都觉得没意思呢!"

我惊讶地问:"她要是觉得没意思,为什么还要结婚哪?"

小伙伴说:"她是我同学,和男方是相亲认识的。从认识的第一天开始,两个人就像谈生意——你家里条件怎么样,我家里条件怎么样;你收入多少,我收入多少;你彩礼给多少,我嫁妆有多少;双方房子怎么买,名字怎么写。总之大家分得清清楚楚,谁也不愿意吃亏,都想自己的风险少一点儿。而且男方和女方看起来都不熟,哪里有即将结婚的喜悦啊?完全看不到爱情!"

另一个小伙伴说:"你这还算好的呢,新郎和新娘只是不熟。我上次去参加一个婚礼,感觉新郎、新娘相互之间很讨厌对方。后来我才知道,原来两家在谈彩礼和买婚房的时候就闹得很不愉快,但是新郎、新娘年纪不小了,重新找也麻烦,还是咬着牙决定结婚,但是彼此看对方哪里有什么爱意啊,陌生人都比他们好!"

最后大家的一致结论就是,这样的婚姻还不如不要呢,反正一个人过也挺好的,不必找个人让自己郁闷。

我从不干涉她们的感情选择,自然也不好再说什么。

事实上，我虽希望她们人人能找到自己的幸福，却也对现在人的婚恋状况并不乐观，毕竟我一直在两性情感领域深耕，对她们说的这些现状又怎可能毫无所知呢？！

我一直很庆幸也很感慨，庆幸我们当年的大环境不是这样的，那时候网络不像现在发达，没有各种直播平台占据我们的时间，也没有那么多短视频瓜分我们的精力。

大家闲暇时间会相约逛街，男男女女会一起吃饭，饭后会热热闹闹地去唱歌，节假日一大群人还会去爬山、烧烤，日子过得多姿多彩。

在相聚过程中，很多年轻男女有的是机会擦出爱情的火花，也有足够的时间去了解彼此。那时候相亲不是主流，大多数人是自己找的另一半，经历过情之所起、心泛涟漪的懵懂时刻，也经历过你猜我猜的暧昧阶段，更有过不知今夕何夕的热恋岁月，然后才进入了谈婚论嫁的阶段。

那时候也有彩礼，但相爱的两个人总是很好商量的，因为相爱，总想给对方最好的东西，因为相爱，不忍对方为难。那时也很少会有在房子上打主意的人，写谁的名字，从来不会成为谈婚论嫁的主要问题。

但是现在不一样了，大家都宅在家里，吃饭可以点外卖，省事又省钱，购物可以上网，足不出户，应有尽有。街上人迹稀少，店里门可罗雀，商场冷冷清清。

大家上哪里去遇见令自己心动的那个人呢？只有直播间里美颜滤镜开得很大的帅哥美女和浮躁且空虚的内心世界。

但是大多数人最终还是需要结婚的，毕竟单身和丁克族并非社会主流，于是，相亲渐渐成为很多人的首选方式。其实相亲也没什么不好，不过是一个大家认识异性的渠道而已。

但是相亲认识的人，总归缺了那点儿你侬我侬的感觉，彼此更像谈合作：你是什么条件，我是什么条件；结婚你愿意提供什么，我愿意提供什么——合适的话，我们就一起过日子；不合适的话，赶紧奔赴下一场相亲活动。

但婚姻需要深厚的感情基础。经历过婚姻的人都明白，结婚伊始，除了新婚宴尔的甜蜜生活，双方的生活习惯需要磨合，相处方式需要磨合，性格需要磨合，两个家族需要磨合，这时候爱和不爱的区别就大了。

如果两个人之间有爱，那么这个过程会消磨一些爱，但想到彼此当初的心动感觉和感情，他们更愿意去珍惜这段婚姻。等走过了这一段磨合时期，两个人慢慢地找到了彼此的脉搏，日子会走上正轨，如果双方情商都不错的话，会进入非常舒服的婚姻生活之中。

但假如两个人没有太深的感情基础，甚至没什么感情的话，那在这个阶段没有爱可供消磨，只有消磨彼此的耐心和容忍度了。

可是，现在的年轻人大多是在独生子女家庭中长大，是家里的中心，都特别以自我为中心，哪里懂得什么包容谦让呢？

于是，婚姻就很容易解体，解体的时候大家都要算一笔经济账，最终很多人会觉得自己亏了。

在一个离婚率高、很容易吃亏的大环境下，大家为了自己少受伤，少遭受损失，自然不愿意多付出，大多数人变得斤斤计较，生怕下一个吃亏的人就是自己。

于是，结婚之前两个人就做好财产公证，房子谁出资写谁的名字，共同出资约定好明确比例，结婚后各花各的，合伙过日子的婚姻模式确立了。

诚然，在这种防备和谨慎措施下，年轻人确实能避免很多坑——只要你不付出，谁能伤害你，谁能占到你的便宜呢？

但是任何事都有阴阳两面，虽然你不付出就不会受伤，从经济和感情的角度而言确实保护了自己，可是当你不愿付出时，对方也不会愿意付出。

每一个你期待对方有所表示的时刻，对方都无动于衷；每一个你需要对方帮助的时候，对方都冷眼旁观……于是，很多人对婚姻失望了。男人对女人失望，女人对男人更失望，双方都认为对方太善于算计了。

其实，人人都是这种局面的缔造者，也都是局中人。我们讨厌这种局面，却亲手缔造了这个局面，但谁也不愿意打破这个局面，理由无他：害怕受伤！

谁也不愿意解开这个死局，谁也不愿意以身试局。

我想起郑板桥的一句话："难得糊涂！"

当每个人都活得太清醒时，这个世界就无趣了。

心要清明，人要糊涂。心清明了，我们自然能一眼看出什么样的人才值得付出，人糊涂了，反而活得潇洒自在了。

结婚的意义在于温暖彼此，不然的话，一个人看雪也能白头，一个人吹风也很自由。

26

离开了一个你很爱的人，其实你不亏

秋风"萧瑟"的一天，学姐雪莉横跨 8 年的婚恋结束了。她哭得天崩地裂，恨得咬牙切齿。

她是独生女，家境优越，父母都是公司高管，对她宠爱有加，一切供应皆是最好的。如若非要说她有什么不足，那就是她长相一般，说直白一点儿，甚至有点儿偏下。

20 岁那年，她刚上大学，一眼就相中了一个来自农村、长相清俊的男同学，从此以后，她的爱情幻想有了具体载体。曾经她认为女生不应该倒追男生，但在真正喜欢的人面前，哪里还有这些讲究？

她放下了女孩子的所有矜持，铆足了劲儿倒追着他。她顶着别人说她不顾脸面倒贴的嘲笑话语，每天出现在他会出现的一切地方，不顾所有人的目光，想尽办法地坐到他身边。

起初他对她冷冷的，一副完全不感冒的样子，但她毫不气馁，想尽一切办法对他好。

绳锯木断，水滴石穿，终于，在大三那年，他答应和她在一起了。她高兴得难以自抑，看着一块石头都能甜蜜地笑出来。

那时候我们寝室聊天的其中一个话题就是：那个男生真的喜欢雪莉吗？因为我们每次看到他们这一对，永远都是女的笑得开怀，男的面无表情；女的说得开心，男的一言不发。

但这丝毫不影响雪莉的高兴心情，她甚至给我们所有寝室的人分了水果。她送水果那天，寝室里只有我一个人。她满脸笑容地递给我一个橘子："情情，你吃吃看，这个橘子很甜的！"

我剥开橘子吃了一瓣，皱眉道："哪里啊，这么酸！"

她接过橘子也吃了一瓣，说："没有啊，不是挺甜的吗？估计你吃不了一点点酸的东西。"

而我觉得她应该是陷入爱情中，吃什么东西都甜吧！

其实很多人不看好他们，有的认为男生长得那么好看，他心里应该嫌弃雪莉的外貌；有的认为雪莉家庭条件好，男生的出身差太多，两个人不会长久。

他们却谈了下去。毕业后，他们是最先结婚的一对。我们几个和雪莉关系不错的人都去参加了婚礼，婚礼是雪莉家办的，并且陪嫁了房、车。

新郎的神色依然是淡淡的，我甚至觉得他不会笑，记忆中我似乎没有见他笑过。但就是这种酷酷的感觉让雪莉为之疯狂,雪莉在婚礼上又笑又哭,笑终于和爱的人共结连理,哭幸福终于被自己把握住了。

那时候我还没有创业,经常和大家聊天,雪莉也时不时地把近况告诉我。一开始我能够感受到她很开心,但渐渐地,她的生活似乎笼罩上了一层乌云。她经常问我:"情情,你觉得他爱我吗?"

这让我怎么说呢?我的感觉是不爱。在我的观念里,一个男人再酷、再不爱笑,如果真心爱上一个女人,也会笑得像个傻子,但是我在她老公的脸上,从来没有见过这种发自内心的笑容,甚至淡淡的笑容都很少,仿佛大家欠了他10块钱没还。

大概结婚4年后,男人提出了离婚,理由是双方性格不合,感情不够。雪莉无法接受这个理由。从大一第一眼见到他,她爱了他整整8年。能包容的已经都包容了,能付出的也都付出了,她不求他同等回报,也不求他爱她至深,只不过想和他在一起而已。

但男人去意已决,说两个人当初结合就是一个错误,现在他想修正错误,不想一辈子就这样过下去。他感激她多年的厚爱,但是对她真的没有爱,与其将就一生,不如分开。

结婚需要两个人你情我愿,离婚不需要,不管雪莉多舍不得、多难过,婚还是离了。

大概是爱得深了,失去他那一刻,爱就变成了恨,她曾经有多爱他,离婚后就有多恨他。

他在她嘴里成了一个十恶不赦的人,同时,她也把自己变成了一个充满戾气的怨妇。她觉得男人都是没良心的,不管女人对他们多好都没有用,觉得全天下的男人都是渣男,享受了女人的付出,最终翻脸无情。

起初我试图安慰她,但效果不大。她在自己的牛角尖里越钻越深,但内心还在努力自救。她也不想变成这样,但是控制不了自己。

某天夜里,她终于崩溃,说她真的很痛苦。爱他已经成为习惯,他的背弃让她失去了人生意义,仿佛自己变成了一个笑话,她想找回自己,但不知道哪里才是自己的出路。她问我:"你是两性情感作家,能拉我出来吗?"

我说:"你之所以这么痛苦这么愤怒,是因为你觉得他对不起你,伤害了你,认为他在这段感情里享受着你的付出,却没有好好对你。然而真相真的如此吗?

"我们换位思考一下,假如现在有一个男人很爱你,每天为你付出很多,但你其实并不爱他,或者爱得不够,收到他送的东西时,会觉得很甜蜜吗?你会觉得他送的东西和你自己买的东西差不多。他为你准备一大桌菜的时候,你会觉得很幸福吗?你会觉得不过如此,甚至有时候他做得越多你越烦,因为你不爱他啊。可是种种原因下你还是要和他在一起,会是什么心情呢?你不会感觉到丝毫幸福!

"你觉得他辜负了你,不爱你,如果他完全不爱你,那他和一个自己不爱的女人在一起也很痛苦。他不会因为收到你花了很多心思准备的礼物而激动,会觉得这和外面买的有什么区别呢;他也不会因为你做这做那而感动,因为不爱,所以没感觉!

"所以从在一起的角度而言,你天天和一个自己很喜欢的人在一起，每天都很快乐，能看到自己喜欢的人，能为喜欢的人付出。

"而他的感觉和你的不一样，他每天都和一个自己不爱的人在一起，没那么快乐，没那么幸福，这就是爱和不爱所得的不同结果啊！

"你付出了爱，得到了幸福的感觉，他没有付出爱，没有享受到幸福的感觉，这是不是另一种公平的体现呢？

"最后，他不愿意过这种日子了，也想去体验一下爱和付出的感觉了。从去爱去付出的那一刻起，他也有了受伤的可能性。可以说这个定律在所有人身上，都是周而复始地作用着的。"

爱很幸福，但有可能让人受伤，不爱，不会受伤却也感受不到幸福。

雪莉说我的角度太新奇了，她需要时间想一想。

但愿她能够想明白。当一个女人遇到渣男时，很多人会安慰她说"他失去了一个爱他的人，你只是离开了一个不爱你的人。其实你不亏"，但事实上，他也不亏，两个人放弃后，都有可能重新去选择。

其实老天一直很公平，得失的情况永远在不停转换，很多事情没有对错，也没有好坏，有些人出现可能只为了让你多一段人生体验。

也许有些人本来没有缘分，却因为一方执着而能相伴一程，能有这段缘分已是十分幸运，缘尽时痛痛快快地放手，洒脱中依然美好。

没有谁能一直陪着谁，即便真正恩爱的夫妻，也有可能一方率先离去。

只要两个人在一起的时候，你感受到了幸福快乐就好，至于你们是怎么走散的，一切随缘！

27
这世上没有感同身受，唯有自度

几年前，先生去东北出差和一群朋友爬山，大家说说笑笑，他没有注意脚下，一脚踩空摔了下去，眼睛旁边被划出一道长长的口子，顿时血流如注。

同行的朋友被吓坏了，立刻把他送到附近的医院进行了简单处理。医生建议他马上回浙江缝针，因为他们那里的医疗条件没那么先进，怕处理不好伤口留疤。

在他回来的同时，我和当地的朋友已经为他联系好医院。他就一个要求：吃点儿苦头没关系，但一定要把伤口处理好，尽量不留疤，一定要给他找个缝针水平特别高的医生。

朋友很理解他的心情，动用自己的人脉，请院长亲自替他处理伤口。

院长为他检查后说,想要完全不留疤不可能,但能做到让那疤痕只剩下一条很细的白线,一米之外的人几乎看不出来。如果他希望缝针手术达到最佳效果,那只能选择不打麻药,因为他的伤口在右眼那一侧的太阳穴附近,打麻药是无奈之举,最好是不打麻药。

我当时惊了一下,他的伤口挺长的,这不是一针两针的事,不打麻药,那他可真的要吃苦头了。

于是,我们所有人都看着他,等他自己决定。

他想都不想地说:"那就不打麻药,我从小就不怕痛,忍忍就过去了。"

缝针过程持续了一个多小时,我和朋友们在外面等他。当他出来时,我们连忙迎上去问他怎么样,但是他已经疼得话都说不出来了,浑身都是冷汗。

院长摘下口罩说:"我本来怕没打麻药,他疼了会乱动,但他的身体硬是一动不动,所以手术非常成功。不过他应该疼得说不出话来了,先让他去休息吧!"

我们陪着他回了病房,过了好一会儿,他长长地叹了一口气说:"我出了好几身冷汗,疼到后面都麻木了。"

朋友们都回去后,我问先生到底有多疼,他很努力地向我描绘了那种疼痛的感觉。我见他痛得一脸抽搐的样子,也很心疼,但心疼归心疼,那针没缝到我身上,我只能靠想象去体会他当时的疼痛。

其实我自己也有缝针的经历。在我10岁的时候,和小伙伴下河去玩,我不小心踩到了破碎的玻璃瓶。我只觉得脚下一疼,一股热流涌出,低头一看,脚上鲜血直流。然后我被小伙伴背着回家,血滴了一路,那是20世纪90年代,家人把我送到小诊所里,老医生看了伤口之后也说想要恢复好,最好不打麻药。反正只缝两针,我答应了。

我奶奶心疼得要死,让我咬着一条毛巾,我姑姑想把我的头抱住不让我看见缝针的过程。我把毛巾扔了,也不让我姑姑抱着我的头,就这么看着医生给我缝针。

按理说,我有这样的经历,应该对先生非常能感同身受,但事实上,我缝针的经历过去太久了,久到我几乎想不起来当时到底有多痛了。

所以,我还是无法做到完全感同身受。

前几天,有一位粉丝在后台给我留言说,她结婚6年,一心为家庭付出,结果发现老公在外面有人了。她非常伤心绝望,就找闺密倾诉,闺密劝她不要太难过了,日子还是要过下去的,别和自己过不去,时间就是最好的良药。

然而,最令她受不了的是,隔了没多久,闺密在酒店举办了结婚10周年庆典,还邀请了她。这不是在她的伤口上撒盐吗?闺密怎么可以这么做呢?她为什么不能感同身受呢?

我反问她:"那你觉得她应该怎么样呢?把10周年庆典取消,

每天和你一样以泪洗面吗?可能他们很早就已经在策划10周年庆典了呢?可能她也考虑过要不要邀请你呢?她怕邀请你你会失落,但是不邀请你,你事后生气呢?或者她担心你一个人胡思乱想,想让你出来多见见人,心情好一点儿呢?"

人有情感需求,每个人遇到高兴或者难过的事,都希望能和别人分享,这是人之常情。但是年岁大了,你就会明白一件事:这个世界上,根本没有感同身受,只有冷暖自知。

年少时我看《水浒传》,有一个故事让我非常感慨。

有一次,李逵看见宋江和他父亲团聚在一起的画面,突然就很想念自己的母亲,于是决定独自下山把老母亲接过来和自己共享天伦之乐。

李逵虽然是一个糙汉子,但对母亲非常孝顺,接到母亲后就背着母亲一直赶路。走到半路时,母亲说口渴了,李逵就把母亲安顿在一边,自己去找水给母亲喝,结果回来时发现母亲已经葬身虎口。

李逵又悲又怒,把山上的4只老虎全部杀了。为母亲报仇后,他回到梁山,见到自己的兄弟们,就哭着说了自己母亲被老虎吃掉的事。

结果晁、宋二人听了,却"哈哈"大笑着说:"你杀了4只猛虎,今天山寨里又添了2个活虎,正宜作庆。"

我们先不提李逵为人如何,对李逵而言:我刚刚死了母亲,正是最悲伤的时候。我把自己的遭遇说出来,是希望得到梁山兄弟安慰的，结果晁、宋二人却大笑不止。当然，他们并非笑李逵母亲的遭遇，可能只是因为梁山上又多了几个兄弟而觉得开心，算不得幸灾乐祸，但感同身受，那是完全不可能的。

人与人之间最好的相处模式，就是我不要求你必须懂我，你也不强求我必须理解你。你有你的悲伤，我有我的遗憾，我们不过是各自沉浸在自己的悲喜情绪中。

只是很多女人对情绪价值的需求太高了，她们希望公婆理解自己的想法，老公明白自己的辛苦，领导共情自己的不容易，闺密能和自己悲喜与共。

但是，我们要明白一件事：别人可能没有经历过你所经历的事。即使别人经历过和你一样的事，也未必能够完全理解你的感受。每个人对事情的观感不同，在同一件事情里的感受和表现也不同。

有人失业后痛哭流涕，有人失业后收拾行囊到处旅游，有人离婚后痛不欲生，有人离婚后仿若重生。所以，即使有人有着和你完全相同的遭遇，也未必能够做到和你感同身受，因为你们现状不同，观念不同，承受能力也不同。

有些路，注定只能一人去走。有些痛苦，只能一个人慢慢消化。

这个世界上，如果你希望不内耗，那要学会的不是要求别人感同身受，而是冷暖自知。我们只能靠自己走过所有荆棘坎坷，于伤痛中自度，然后变得越加强大。

不要奢望任何人理解你，心疼你，因为大家际遇不同，心境不同。

我说大海浩瀚,你说淹死过人!

我说下雪好美,你说化雪太冷!

我说年轻真好,你说总会老去!

28
真正的捷径永远是那条漫长且成败难料的行动之路

几年前,我遇到一位非常想成功的姑娘,她说看了我的故事特别受触动。她的原生家庭也不太好,但她不愿意一辈子都这样浑浑噩噩地过,希望能像我一样通过自己的努力改变命运,希望我能够给她一点儿建议。

她说她思考过了,她没什么本钱,那种大投资、大成本的事情不适合她,她也没这个条件,所以想和我一样通过写文章赚钱。

我很直白地告诉她,这条路不是很好走,而且很漫长,除非她原本的基础就非常好,加上一定的运气,她才有可能成功得比较快。

然后她发了一些她写的东西给我。说实话,我看了觉得没有任何亮点，她说没办法，脑子里的东西不多。

我说："没关系，那你可以从现在开始每天看20页书，写3句话，慢慢增加。"

她大概这么做了半个月，就开始心浮气躁了，老是问我她什么时候才能成功，会不会一直不成功。

我说："我之前就告诉过你这条路不好走，你没有基础只能慢慢积累。"

最后，她选择了放弃，说写作这碗饭实在太不容易吃了，她可能不是这块料。然后她看见我电商做得挺风生水起的，决定还是做电商，毕竟电商门槛比写作低。

我给她的建议是刚开始做电商可以挖掘身边的客户，如果产品不错、服务好的话，让身边的人给她介绍新客户。

但她嫌这样客户积累太慢，于是想方设法地加入别人的群，一进群就发二维码，基本上很快就会被踢出来。

后来她学聪明了，不在群里发广告，而是私下把所有人都加一遍。

结果就是一部分人没有通过她的好友申请，一部分人虽然通过了，但是根本不理她，还有一部分人则是很快删了她。这让她觉得很恼火。

她问："为什么这些人都这样？"

我告诉她："人家又不认识你，你也没有任何人品背书。你发个二维码就希望大家都下单，是个人就成为你的客户，如果生意这么好做，人人都能发财。与其到处群发二维码，私加好友，你还不如花时间好好服务身边的客户，慢慢做出自己的口碑。"

但她没有这个耐心,最终决定做直播带货,毕竟经常看到别人一场直播就带货几百万,到处都是创富神话,而且这事对普通人没有门槛,是最适合普通人的一条路。

一开始她忙得不亦乐乎,写文案、拍视频、剪辑、直播,每天工作十几个小时,自己都把自己感动坏了。

尤其是刚直播的时候,大概有新人流量扶持,她卖出了好几单货,高兴坏了,觉得继续努力,不久的将来自己就能实现财富自由。

但几天后直播间里的人基本是个位数,她做一场直播下来,要么卖了几十元东西,要么销售额直接是零。坚持了将近一个月,她坚持不下去了,开始向我抱怨。

我给她讲了一个故事。

古时候有个人种橘子,想在秋天丰收,就问一位橘子种得特别好的人,如何做才能让橘子有更好的收成。

那人回答他说:"从现在开始,你别想这个问题,也不要太关注橘子长得怎么样,就可以实现。"

他觉得很奇怪,以为对方不愿意告诉他成功的秘诀。

为了橘子早日成熟,他隔三岔五去施肥除草,结果别人的橘子树纷纷结了果子,他的枝头却空空如也。他不服气,又去请教那个橘子种得特别好的人。

那人叹了一口气,说:"你太着急了,果树不需要你每天去施肥除草,你这是揠苗助长啊!"

急于求成的结果,基本就是适得其反。

很多人不管是工作还是学习，一开始会特别用力，恨不得把以前落下的东西全部补上，甚至达到没日没夜、废寝忘食的程度，最后很快就败下阵来。

为什么会这样呢？因为他们太着急想要成果了。

有的人看见别人成功，恨不得自己三五天就能成功，却不愿意去了解人家成功之前已经努力三五年了。

有的人看见别人博学，恨不得自己学几天也能变成大佬，却不愿意去看别人那是十几年积累的结果。

有的人看见别人实现财富自由，恨不得自己明天身家千万，却不愿意去面对别人厚积薄发的过程。

很多人只付出一分努力，恨不得有一百分回报，满脑子都是速成、捷径，一旦发现事情没有按照他们的预期发展，现实和理想悬殊，心理就崩溃了，要么觉得自己时运不济，要么心生绝望，不想继续努力了，却忽略了事物发展的基本逻辑。

我想起几年前我学钢琴的事。当时我仗着自己悟性高，本身又有乐理基础，就希望自己在短时间内能弹曲子。

最后结果怎么样呢？我确实很快就能弹完整的曲子了。一开始我沾沾自喜，觉得自己简直就是天才，老师也说从来没见过成年人学钢琴学得这么快、记性这么好的。

但是没多久我自己发现，有些指法和技巧根本没办法速成，急于求成的结果就是基本功不扎实。我想弹得行云流水，就必须练完多少遍。有些事，一个人再聪明，也得下笨功夫去做。

俗话说，快就是慢，有时候慢慢来才更快，你有多急功近利，最后就有多溃不成军。

一位富豪曾经说过这样一番话："付出就想马上有回报，适合做钟点工；期望按月得到报酬，适合做打工族；耐心按年领取收入，是职业经理人；耐心等待3到5年，适合做投资家；用一生的眼光去权衡一切，你就是企业家。"所以，别太着急，长期投入，最好的结果总会在不经意的时候出现。

当今社会，急功近利的心态非常普遍，每个人身上或多或少有这种心态，很多人对所有不确定有回报的努力没有耐心，只想选择马上能看到结果的事。

跑网约车很快就能看到钱，但大多数人嫌辛苦，嫌没有发展空间；送外卖也能很快看到钱，但大多数人嫌收入上限太低。

那么，既然你选择了无法马上看到结果的项目，就不能忽略事物本来的发展规律。

你不能要求一棵树在一年之内长成参天大树，也不能要求自己3天之内成为学霸。所有你目之所及的成功事例，背后都经过了漫长的努力和煎熬的过程。

很多事情在前期大家只看得见投入，而看不见产出，对没有背景和人脉的普通人而言，找到一个领域，然后坚持深耕就是唯一的捷径。

很多人有过找捷径的阶段，总想跳过所有努力环节，直抵成功彼岸，最后会发现，真正的捷径是：一条看起来无限漫长且成败难料的行动之路，一颗追求卓越却淡定从容的心和无数默默努力的日日夜夜。

29
远离喜欢吹灭你的灯的人

我真正见识到鼓励的力量是在我很久以前的一位邻居身上，她的微信名叫白云，我就叫她白云吧！

有一天，我刚刚吃过晚饭，外面有人敲门。我打开门一看，一个比我年轻的女人站在门外，衣着打扮十分朴素，甚至有点儿落伍，我并不认识她。

她有点儿局促地说："你好，我是楼上的住户，马上就要装修房子了，可能会打扰到你们，所以先来告知一下。这是我自己做的一些点心，请你们尝尝，很健康的！"

我笑笑表示理解，装修嘛，肯定免不了有噪声，但这是没办法的事，何况人家这么有礼貌，街坊邻里的，我们自然要多多包容。

那是我第一次见白云。我总觉得她怯怯的，脸上总是挂着讨好的笑容。

半年后，她家搬了进来。她又来送过一次点心，还是怯怯的，一副生怕被嫌弃的样子。

我夸赞道："你的手艺真不错，就是老吃你的东西，我有点儿不好意思。"

她连忙说："没事，没事，都是自己做的，东西不值几个钱。"

送走白云之后，我妈在家嘀咕道："你们俩看起来差别太大了，你胆子特别大，天不怕地不怕的，她胆子特别小，看见谁都害怕。"

因为我平时大多时候在家看书写作，出门的次数不多，很少见到白云，但还是很快从我妈嘴里得知白云的一切，也知道了她为什么总是怯怯的。

白云不是本地人，加上结婚的时候娘家没有给任何嫁妆，所以公婆和小姑子都看不起她，时间久了，连老公也对她不尊重起来。

全家人都把她当免费的保姆，她一个人要做所有家务，包括买菜做饭、洗衣拖地，但没有任何一个人珍惜她的付出，谁心情不好都可以拿她出气，可以从头到脚地批评她，她的日子过得挺苦的。

我听了她的事后，不由得心生同情，总想给这个怯怯的女人一点儿力量。

后来有一次，我在小区里录视频，快录完的时候，她正好经过，好奇地问我："是在拍视频吗？"

我点了点头。她很感兴趣地在旁边看，然后羡慕地说："你真厉害啊，听说你是畅销书作家，还有自己的品牌，还教很多女人独立，我还买了你的书呢，就是很少看见你。"

我想又是我妈在外面帮我宣传了，说都说不好，不过也没什么好隐瞒的。作为成年人，别人夸了我，我自然要回夸的。

我说："你也很厉害啊，我妈说你家可干净了，很多东西是你自己做的呢。上次你送来的小点心也很好吃，比外面买的还好吃，不甜不腻。"

她连忙摆手说："我这些东西都是上不了台面的！"然后她看着我的衣服说，"你的衣服是哪里买的啊？好别致啊！"

不等我回答，她又说："算了，你告诉我也没用，我穿肯定不好看。我婆婆说我穿上凤袍也不像皇后。"

我看着她，忍不住在心里叹息：一个长期被欺压的人，自卑和自我否定的情绪是如影随形的。

我很想帮帮这个可怜的善良女人，就热情地对她说："其实你长得挺好看的，皮肤又白又细腻，亏就亏在没有打扮上。以后你别把头发扎起来了，尤其不要扎这么低，会显得很老气。你气质很文静，可以去卷一个大波浪鬈发，保证好看。然后你嘴唇比较白，可以涂点儿浅颜色的口红，正好我家里有很多，要不你上我家去拿吧！"

她有点儿不好意思，但女人可能无法抗拒变美的诱惑，还是跟我回了家。因为我平时比较败家，家里用不过来的东西实在太多，我索性给她整理了一袋。她比我瘦，我把一些吊牌还在，但我已经穿不上的衣服都送给了她。

然后我给她上了两个小时的课,一个小时帮她重塑信心,一个小时给她洗脑。出门的时候,她像换了个人一样,连笑容都自信多了。

也许这种憋屈的日子,她本来就过够了,我的支持只是她改变的一个契机。其实她是个很聪明、情商很高的人,大概怕给我带来麻烦,从来没有在家里提起过我,但又很信任我,会把家里的情况如实告诉我。

比如她第一次打扮的时候,婆婆、小姑和老公一起数落她,说她是老黄瓜刷绿漆——装嫩。我说"别管他们说什么,你自己觉得好看才是真的好看"。

她说其实她一直以来很想做个甜品店,但是她老公一直说她反应慢、很笨,她担心自己做不好。

我说:"这个想法很好啊,我吃过你做的点心,不是故意说好听话,是真的很好吃。如果你原材料用得好一点儿,我觉得很有市场。"

她很为难地说她没有钱去租门店,在家做也不方便。

我想了想,说:"我在旁边小区有一套学区房,很小,只有几十平方米,没有人住,可以免费给你用,你做甜品足够了,对外你就说我很便宜租给你的。"

她激动坏了,连忙说:"以后我每天下午给你送点心,水电费我自己付!等以后赚了钱,我把房租补给你!"

甜品这个行业就讲究三点:一是原材料健康,二是口味佳,三是服务好。她三条都具备,毫无悬念地做了起来。她也履行承诺,天天给我送甜品。直到我再三强调我要管理身材,不能再吃了,再送就是害我了,她才停止。

据说为了阻止她做这个甜品店,她老公和婆婆一起反对,说她瞎折腾,说她这个熊样,哪里是做生意的料,别搞笑了。这一次她没有妥协!

一年后,她过来还钥匙,还包了一个大红包给我,说现在生意越来越好了,她已经在外面租了一个门面,这是她补给我的房租。

我也没有拒绝,这样以后我们相处起来会更平等,不会老是让她觉得欠了我,矮我一截。

我仔细看了看她,不禁在心里感叹:事业真是养人哪,才一年多时间,以前那个怯怯的白云仿佛是遥远的事了。现在的她气色很好,打扮也时尚了很多,关键是洋溢在脸上的笑容自信多了,说是脱胎换骨也不为过。

然后她对我说:"以后有空到我店里来坐坐,我研发了不少新品,不会发胖的。我打算离开这个家了。"

我有点儿意外,却又瞬间理解。没有人愿意长期和一群差评师待在一个屋檐下。

后来有一天,阿姨说白云的老公找我。他局促地坐在我家客厅里,说白云和他提了离婚,但是他不想离。其实他们还是有感情的,只是他以前没有尽好一个老公的责任。他说白云临走时说过,我的婚姻生活是她最向往的,所以他只好厚着脸皮来请教我到底怎么才能挽回这段婚姻。

一个男人能放下面子来请教一个女人,其实是不容易的,我这辈子也只遇到过两个这样的男人。我也知道白云对他还是有感情的，如果他能改的话，也不失为一件好事。

我说："其实白云是一个非常贤良非常聪明的好女人，但是你们没有一个人珍惜她。你们每个人都打击她、嫌弃她。人如果长期处在被打压的环境里，反应慢是必然的结果，因为她会害怕，会不自信。再被你们数落几句，就更加惶恐了，她会觉得自己真的很没用。但事实上你也看到了，其实她很能干，在你们所有人的反对下，还能把自己的小事业做得这么好，就足以说明她聪明。如果你真想挽回她，就试试搬出去和她住吧，别再让其他人掺和你们的婚姻了。女人想要的是一个懂得欣赏自己、肯定自己的男人，而不是一个喜欢吹灭自己的灯的男人，尤其是你们所有人都想吹灭她的灯。"

他走的时候表情显得有点儿沉重，不知道是不是在反思自己的做法。不管他们能否和好，我也希望他能够认识到自己的问题。

人生苦短，每个人都手持一盏灯努力前行，如果有谁把你的灯吹灭了，你必然会陷入黑暗之中，或被石头绊倒，或被树枝划伤，你的人生将会变得危机重重，你会失去方向，害怕前行。所以谁要是想吹灭你的灯，你就要远离谁。

有的人不去守护自己的灯，却喜欢吹灭别人的灯，看着你惶恐的样子，就生出一种优越感，然后来掌控你。那些泼你冷水、打击你的人，本质上是为了显示自己比你更高明。

我们要做一个点灯之人，而不是灭灯之人，当看到别人的灯即将熄灭时，不是去吹灭它，而是帮他们重新点燃。别人的灯都亮了，也会照亮你的路。

30
真正的强大就是允许一切发生

也许男人都爱车,先生也不例外,看车视频能看两个小时,然后疯狂地爱上了一款车,很想拥有,而我对车并不感冒。

于是,他开启了连续半个月给我洗脑的模式:比如人活在这个世界上就短短几十年,眼一闭就什么都没有了,活着的时候还是应该对自己好一点儿;比如做人要懂得成人之美,不能因为自己不喜欢就不成全别人;再比如喜欢的东西不常有,难得遇见不能错过,否则就会终身遗憾。

加上他给我洗脑阶段对我无比周到,百依百顺,我心一软就答应他了。他高兴得像个孩子,隔一会儿就问我那款车好不好看,烦得我都不想搭理他。

车提回来的第一个周末,他兴高采烈地安排全家人出游,一路开得那叫一个小心谨慎。我说:"你至于吗?不就是一辆车吗?"

他认真地说:"至于啊,我不能让它磕着碰着!"

但这世上哪,你越在乎什么,老天越要和你开个玩笑。虽然他开得极其小心,车速也很慢,但架不住有其他意外啊!

我们回家的路上,有一辆车远远开来。本来没什么事的,但那辆车开过去时,迸起一颗小石子,小石子直接弹到他的车上,"咚"的一声,仿佛弹到了他心里。

他立刻把车停在一边,一边下车检查一边祈祷最好没事。但这是不可能的,石子弹过的地方已经有一个小坑了,漆也掉了,他整个人的心情都垮掉了。

他后悔得不行,认为要是他开得快一点儿是不会遇到那辆车的,然后怪路面不应该有石子:"万一石子弹到人的太阳穴,那不是会出人命吗?"

我等他情绪稍微平复一点儿后劝他:"你应该庆幸这石子是弹在你的车身上,而不是你身上。"

他委屈地说:"我宁愿它弹在我身上,也不愿意它弹在车身上。如果石子弹在我身上,过几天我就自愈了,但车不会自愈啊!"

我顿时无言以对,也不想劝他了,等他自己想开。没想到晚上他还是很郁闷,然后我说:"你能不能保证这辆车永远不出任何问题?"

他说:"那当然不能。"

我说:"既然你知道车子迟早要出问题,还郁闷什么呢?"

他说:"可是车子刚拿回来没多久啊。"

我又说:"这就像第二只靴子一样,你不知道什么时候第二只靴子会掉下来,每天都担心。现在它已经掉下来了,以后你也就轻松了,这不是挺好的吗?而且已经发生的事,你郁闷有什么用呢?我们要允许一切事情发生哪!"

好在他只是一时郁闷,没几天就想开了,此后对他那车的态度就正常多了。

其实有一件事我没有告诉他,我一直觉得如果一个人特别害怕一件事发生,这件事恰恰会发生,很多时候是我们的潜意识操控着我们的遭遇。正如有句话说的:凡是你所抗拒的事,会持续发生;凡是你接纳的事,皆会消散。

我们每天都会遇到很多事,大多时候,好事、坏事总是交替出现。从来没有一个人只遇到好事或者坏事。

好事出现时,我们喜笑颜开;坏事出现时,我们郁闷不已,甚至会很努力地去阻止坏事发生。

我曾经遇到过这样一位妹子,她父亲在她很小的时候就出轨离开了她和她母亲,因此她对男人出轨有着很强烈的抵触心理。

后来她结婚了,老公对她很好,但她总担心老公出轨。一开始老公会耐心地安慰她,告诉她自己对她的情意,但是次数多了,渐渐就不耐烦了,两个人不可避免地有了争吵。其实她希望老公不断向她证明自己不会出轨,但说出去的话就像刀子一样,比如天下没有男人不偷腥,男人没有一个好东西。

最后,她老公真的出轨了,她痛苦地说男人果然没有一个是靠得住的。她内心希望老公出轨吗？绝对不希望，但是她太害怕了，生怕当年的悲剧重演，结果越害怕的事越发生，最终变成了自证预言。

年少的时候，我也曾天真地希望这辈子遇到的全是好事，拒绝坏事发生在我身上。当考试考砸了，我就会情绪低落。当工作出现问题，我觉得天都塌下来了。

年纪渐长后，我渐渐发现，很多事情根本不以我的意志为转移，我再怎么拒绝，再怎么抵触，该发生的事始终会发生。

我曾经看过这样一个故事。

禅师在院子里看到两棵树，一棵长得茂盛，另一棵却树叶枯黄，就问他的两个弟子："这两棵树是荣的好，还是枯的好？"

一个弟子答"荣的好"，另一个弟子犹豫不决。

这时，禅师的侍者经过，禅师又以同样的问题问侍者。

侍者头也不抬地回答："枯也由它，荣也由它。"

禅师赞许地点了点头，说道："世间万物，荣枯自有其道理，不必有分别心。"

其实谁不喜欢树木欣欣向荣呢？但四季更替，一枯一荣才是恒定不变的。

我不喜欢夏天的灼热，也不喜欢冬天的寒冷，但春夏秋冬从来不曾缺席过，不如换种心态对待，还能欣赏夏日荷花、冬日白雪。

很多痛苦就是因为我们已经预设好了一切，不允许坏事发生，希望事情朝着我们预期的那样发展，结果却事与愿违，事情偏离了我们的预期。但有些事我们根本无法改变，还有些事，根本不由我们决定。

不管多小心谨慎,你都不可能让你的人生一帆风顺。比如你已经很小心了,但还是看错了人;比如你已经很努力了,结果还是失败的;比如你毫无心理准备,打击却突然而至。

可是,沮丧失落有什么用呢?该发生的事已经发生了,不如笑着接受一切,想通这一点后,我就明白了允许一切发生是多么重要的一种人生境界。

我很喜欢一位作家说过的一句话:"允许一切发生,不是让你破罐子破摔还自我安慰,而是让你学会真正接纳自己的情绪。"

事实上,当你拒绝、抵触那些不愿意看到的事时,更糟的结果可能还在后面,你不如含笑接受,反而会有意想不到的转机。

其实很多事根本没有好坏之分,只是一种人生体验。

我们唯一能做的就是允许一切事情发生,接纳人生的全部,一个人真正强大的体现,也是允许一切事情发生:允许有人爱你,也允许有人背叛你;允许双向奔赴,也允许忘恩负义;允许心想事成,也允许事与愿违。

当你有勇气允许这一切事情发生时,你终将变成一个宠辱不惊、淡定从容、松弛却有力量的人。

31
当你觉得孤独时,你可能拥有了别人渴望的自由

冬日午后,我准备了一大堆零食,一边在窗边晒太阳,一边回复各种消息。

一位老学员问我什么时候办线下大会,我说办线下大会要操心的事情特别多,最近没有这个打算呢!

她很失望地说,希望我最近多办办线下大会,曾经在上海参加过我举办的线下大会,特别有归属感。

然后她说起这几年的状态,工作其实挺顺利的,家庭也算和谐,在别人眼里她应该属于过得不错的那种人,自己却时时感觉内心孤独,有时候觉得自己仿佛是湖中的一叶扁舟,有时候又仿佛是一只孤雁,不知道如何改变这个状态。

我想起前不久的一个深夜，也有一位粉丝和我讲述她的故事，倾诉她的孤独情绪。

2018年年底，因为公司发展需要，领导就把她从北方调到了南方的分公司。分公司很小，小到一共就3个人，另外两个是本地人，已经结婚，每天聊的不是老公就是孩子，而她连婚都没有结，和那两个人没什么共同话题。所以，她每天一个人上下班，一个人逛超市，在异乡漂泊，倍觉孤独。

为了让自己不那么孤独，她积极参加各种活动，结识各种人，后来在朋友的撮合下，找了一个当地的老公，并且很快有了孩子。

生活一下子忙碌了起来，她根本没有伤春悲秋的时间，但是随着孩子慢慢长大，老公升职后经常应酬和出差，那种令人窒息的孤独感又卷土重来了。她和身边的人说自己的感受，很多人觉得她无病呻吟："又不是年轻小姑娘，有家有口的，怎么会感觉孤独呢？内心戏太多了。"所以她只好到网上来和我说这事。

其实现在很多人有强烈的孤独感，当遇到开心的事时，不知道和谁分享，心情不好的时候，不知道向谁倾诉，看着微信里的一个个头像，想主动找谁聊聊，最终点开却又关闭了，直到那一个个名字渐渐成为熟悉的符号。

很多人以为自己觉得孤独是因为没有人理解、陪伴自己，只要自己积极社交，努力走出去就行，其实这都是治标不治本的方法，甚至会出现虚假繁荣的情况。当一群人聚在一起时，气氛热闹喧嚣，但结束时，有人会感觉内心的孤寂感如潮水一般袭来，顷刻将自己淹没，甚至明明身处人群中，可眼前的一切像是和自己全然无关，自己只是被动地笑着。

孤独感是从内心滋生的，自然无法靠外界缓解；孤独其实是一种考验，让每个人明白自己的灵魂深度，能更清楚地检测出你和自己相处的质量。

我们这辈子真正要做好的并不是和他人好好相处，而是和自己好好相处。当你做到了，即便一个人，你也会觉得欢喜。如果你时时觉得孤独，说明你并没有爱上自己。

年轻的时候，我以为孤独就是一个人待着，总喜欢去热闹的场合，如今年纪越大，就越喜欢独处。不是我变得孤僻了，而是我对精神世界的要求更高了。

但是孤独和孤独之间是不一样的，孤独时，你可以情绪低落，也可以暗自欢喜。

一个人是否孤独，和你身边有没有人没有太大关系，真正的孤独是内心孤寂。

在无比热闹、觥筹交错的场合中，感觉繁华都是别人的，和自己无关；在人来人往、车水马龙的街道里，感觉自己和这个世界格格不入，仿佛身处一座孤岛；在那么多熟悉的人中，却找不到一个可以分享自己的真实心情的人……这种孤独感根本无法靠人多去缓解，即便你被人群包围，依然会觉得孤独。

事实上，成年人的独处时间弥足珍贵，多少人每天扮演着别人赋予自己的各种角色，忙得没有时间和自己的内心对话。独处是滋养，也是成长，内心丰盈地独处，反而是一种极致的享受！

我曾试着在窗前看浮云，从晨曦微露到天光云影共徘徊，不觉得无聊，看着浮云变幻莫测，我的思绪也变得无比自由。

我曾试着连续听几个小时的老歌。没有任何人打扰，我也不去打扰任何人，就这么让自己沉浸在老歌中，丝毫不觉得孤独，只觉得欣喜，甚至也不知道自己在乐什么，总之就是发自内心地欢喜。

我也曾试着看一天自己喜欢的书，那种不被打扰的清欢，是成年人的奢侈品，从日出到日落，从开始到结局，仿佛经历了一次人生，只是这种机会并不常有。

作为一个合格的成年人，我们必须学会独处，学会爱上自己。人人都希望有人无怨无悔地陪着自己，都希望有人理解自己，但事实上，没有谁能一直陪你到永远。这个世界的悲喜并不相通，也没有谁能真正感同身受，很多时候，你需要独自面对这个世界。

当你经历过孤独，慢慢习惯孤独后，你就变得坚强了；当你从孤独中发现自己内在的缺失时，你就成长了；当你从孤独中感受到欢喜时，你就圆融了。

庄子说："独来独往，是谓独有；独有之人，是谓至贵。"

真正能让一个人变得出类拔萃的，是独处，而不是聚众喧闹。

独处，是一个人最好的增值期。因为每个人构筑自己的人生护城河，修炼自己的本事，都需要安静的时间和空间，你必须完全沉浸下来，才知道自己要什么，才知道自己不想要什么，才能沉浸于自己在做的事情。

我写作时，便是独处，每天几个小时，日复一日，这成了我成年后最大的倚仗。我看书时，也是独处，风雨无阻，这成了我的见识，融进了我的骨血里。

享受孤独，善用孤独，会让一个人的灵魂更为高贵，因为你展现的是一种忘我境界，无敌心态，更是一种无法拒绝的吸引力，因为你完成了你内在价值的塑造过程。

你遇到任何生活中的问题，别人都有可能帮你解决，唯独心灵上的问题，只能悲喜自度。

很多时候，一念天堂，一念地狱，当你觉得孤独时，你可能拥有了别人渴望的自由！

32
结婚前都没让他做到的事，结婚后也别指望他做到

临近过年，朋友夫妻传出闹离婚的消息，大概因为我比较精通两性情感吧，女方很快就来找我了，一见面就哭诉了两个小时。

事情的起因是这样的：有天晚上，她老公约了几个朋友出去打麻将了，然后恰逢孩子发烧，她就打电话让老公回来带孩子去医院，结果老公说"你自己不是在家吗？你妈也在家，你们直接把孩子送去医院啊。我现在在打麻将，走不开"。她当时气得要死，也不知道到底哪根筋拧着了，继续打电话要求他回家，但他还是一样的说辞。她就不断打电话给老公，到最后男人选择了关机。

她又气又怒地把孩子送去了医院，好在孩子没什么大碍，就是有点儿积食，引起了发烧，吃了点儿健胃的药，很快就好了。

老公是12点回来的，问孩子怎么样了。她负气地说："孩子哪里有你的麻将重要？你还关心孩子的死活吗？你以后跟麻将过得了。"

老公说："我哪里不关心孩子的死活？我不回来是因为你明明自己在家里，你妈也在家里，家里还有保姆，这么多人，为什么一定要我回来？我是医生吗？要是家里没人，我肯定会回来，但现在不是有很多人吗？"

这些话在她眼里是狡辩，她大骂他自私无情，不配当爸爸。

老公也怒了："我开着公司，你以为我准时上下班，生意就会自动上门吗？你不工作，家里这么多人要吃饭，本来我们就各司其职，我在外面好好赚钱，你和你妈还有保姆在家好好照顾孩子，我怎么就自私无情了？"

当天晚上两个人就大吵了一架，气血上头的时候，把卧室里的东西都给砸了。

离婚是她提的，但事实上我看得出来，她并不想离婚，只是咽不下这口气。总之她就是既不想丢面子，也不想离婚，所以上我这里来倾诉了。

我说："我不偏帮你们任何人，就说说我自己的看法。你也会开车，让你妈抱上孩子，保姆准备好东西，3个人一起去医院，人手是完全够的。你为什么一定要找他徒增晦气呢？"

她梗着脖子说："我们在家里照顾孩子，他在外面打麻将，我想想就不爽。凭什么他就可以这么潇洒自在呢？"

我叹了一口气，说："你们是夫妻啊，又不是仇人，怎么就这么见不得对方好过呢？现在搞成这样，何苦呢？"

最后,她挫败地说:"我就是不喜欢他打麻将,希望他把麻将戒了,但他一直不肯戒。所以只要他出去打麻将,我就不爽,就想找各种事搞得他打不成麻将。其实我们因为麻将的事已经吵过好多次了,搞得关系非常紧张,我就是不明白,打麻将就那么重要吗?比家庭和孩子还重要?你说有什么办法让他把麻将戒了呢?"

想起她老公的麻将史,我真的爱莫能助。她老公十几年前开了一家公司,主要是承包一些工程,所以晚上应酬的情况很多。男人之间的应酬无非是唱歌、打牌,但她老公属于五音不全那种,所以对唱歌不感兴趣,剩下的就是打麻将了,十几年打下来,已经打成习惯了。

甚至她老公打麻将是有一点儿瘾的。二人结婚前大家都知道他喜欢打麻将,他曾开玩笑说,可以没有老婆,但是不能没有麻将,麻将是他这辈子的最爱。他在经济上对老婆很大方,赚来的钱基本给老婆,唯一的要求就是只要他不出轨,老婆不能干涉他打麻将。

所以,我笑着两手一摊:"我们家那位也打麻将,我要是有办法让一个人把麻将戒了,他还会打麻将吗?"

她顿时来了兴趣:"我今天来主要就是想和你讨论这事呢。我记得你父母就非常喜欢打牌,导致你原生家庭很穷,你好像也挺讨厌麻将的,那你老公打麻将,你不生气吗?"

我说:"我确实不喜欢麻将,但不能要求人人都和我一样。每个人的喜好不一样,追求也不一样,并不是正确的事就会人人都去执行。"

我们都知道运动对身体健康很好,但是有几个人愿意天天锻炼呢？

我们也知道学习会使人成长，但是有几个人愿意吃学习的苦呢？

我们还知道看短视频浪费时间，但是有几个人不看呢？

我想起我和先生之间的一个小插曲。那时候我还没有创业，空闲时间比较多，而他应酬很多，慢慢地，我就开始不满了，然后我们之间就有了争吵。

他很认真地对我说："我一直以来应酬都不少，结婚前如此，结婚后也是如此，这事你不是早就知道的吗？我又不是以前没应酬，现在很多应酬。所以我觉得不是我没有满足你的要求，而是你的要求提高了。"

这番话不属于婚姻中男人哄女人的模板，但我认为他说出了核心问题。他说得没错，他本来就是这样的，结婚前我就明白的，为什么现在又不高兴了呢？如果真的这么不能接受他这点，那我一开始就应该找个朝九晚五、天天宅在家里的男人，不应该和他结婚哪！

想通之后我就专注自己的事业了，有趣的是我自己忙起来后，基本没时间管他在干什么，倒是他随着年纪增长，越来越喜欢家庭生活，反而主动减少了应酬活动。有时候我已经习惯了他经常不在的生活，他经常在家我还会觉得有点儿影响我的自由生活。

朋友家的婚姻也一样，她老公事先并没有隐瞒自己爱打麻将的事实，她还是选择了结婚，那么可以认为是默认了她老公这样。当然，站在女人的角度她可能不是这么想的，会认为虽然我结婚之前知道他有这个毛病，但是等结婚后再让他慢慢改吧！

有相当一部分女人真的是这么想的，婚后总想让男人改变，但最后无一不是失望收场。我一直认为,如果一个女人在恋爱时都没有让一个男人改变自己,那么结婚后更不可能让男人改变,毕竟恋爱时男人可能开一个小时的车只为买你喜欢吃的蛋糕,可能一大清早送你上班,但结婚后基本就不可能了,因为婚姻会让一个人越来越真实。

可是有的女人是反过来做的,恋爱时能接受男人这样那样的毛病,结婚后却不愿意了,最后搞得双方都很生气、很委屈。

真正成熟的恋爱观是这样的:

如果讨厌一个男人打麻将,你就应该找一个不打麻将的男人,而不是找一个喜欢打麻将的人,再让他戒掉麻将。

如果讨厌一个男人打游戏,你就应该找一个不打游戏的男人,而不是找一个喜欢打游戏的男人,再让他戒掉游戏。

如果讨厌一个男人抽烟,你应该找一个不抽烟的男人,而不是找一个喜欢抽烟的男人再让他戒烟。

谁没点儿自己的爱好呢?谁的爱好全部都是积极向上的呢?毕竟他是先有了这些爱好才认识的你,你没办法抹掉他的过去,他也不想失去这些乐趣。

有一句广为人知的话是这么说的:"改变自己的是神,改变别人的是神经病。"

成年人有自由选择权,与其找个不符合你的要求的人,天天绞尽脑汁地去改变他,你还不如直接找个和你同频相契的人来得更省事。

人生很短,我们没有太多时间用来改变别人、教育别人,这样既辛苦又挫败,成年人的世界只筛选,不教育,只选择,不改变。

33
我年薪百万,却没有存款

春节刚过,女友打电话给我说去国外玩了一趟,给我带了礼物,一起出去吃个饭,她来接我。

我说:"不用了,我自己过去吧。你送我礼物,还要你来接,这有点儿说不过去啊!"

她坚持要来接我,我灵光一闪地问:"你是不是换新车了,所以非要来接我?"

她"哈哈"大笑说:"你真是太了解我了,刚提的新车,必须到你这里来点个卯!"

半个小时后,她开着白色的轿跑出现在我家门口。其实我对车是既不懂也不感兴趣,但还是为了照顾她的心情,认真地问了问价格,又夸了一通。

然后她对我撒娇道:"我最近刚去国外玩,又提了新车,现在一穷二白,等一下吃饭我请你,你买单哟!"

我失笑道:"你好歹也是年薪百万的女金领,怎么混得这么惨?"

她开启了吐苦水模式,说虽然在很多人眼里,年薪百万已经算是不低的收入了,但是架不住要花钱的地方实在太多,她根本就存不下钱来。

比如公司里同一级别的人都换了新车,她如果还开旧车,就显得太掉价了,但是一换车,大几十万元就没有了,加上其他零零碎碎的开销,一年收入全搭进去了。每次国庆节假期啊春节假期啊回来上班,大家都会问:"你去哪里了啊?"这个说去欧洲玩了,那个说去迪拜玩了,她不能不出国玩吧。再比如下属都拎着香奈儿的包包了,她就不好意思再拎个古驰包了吧,怎么也得来个爱马仕才能找回自己的场子。职场就是一个大型的名利场,充斥着攀比风气和鄙视链,所以她没办法啊!

她喝了一口果汁!继续说:"所以别看我赚的钱不少,到现在除了一套房子,我什么都没有存下。有时候我也很讨厌这种环境,但是没办法。当大家都这么做的时候,我不这么做,就会有无数人在背后说三道四,那眼中的鄙视神色藏都藏不住,这就是不成文的企业文化啊!"

她把这次给我带的礼物递给了我,是一条爱马仕的真丝丝巾。然后她看了看我,惊讶地说:"你包都没拿啊?"

我说:"是啊,又没什么东西好装,拿包干吗?还碍手呢。再说和你吃饭就是老朋友聚会,我怎么舒服怎么来了。"

她问我有没有买过爱马仕的包包,我说没有,我对这些东西不感冒。

她摇摇头说:"虽然你对这些东西无所谓,但我觉得有还是应该有的,不然别人都有了,你没有,显得咱们掉价似的。"

我失笑道:"每个人价值观不同,我可能会花大价钱去进修,但不会花很多钱去买个包。当然,如果一个人超级有钱,本来的消费情况就是这样的,那我也理解。但我真的不觉得一定要因为别人的眼光,花很多钱去买一个我没什么感觉的包包。"

她想了想,说:"你说得也有道理,确实天天和别人比真的挺累的。"

我出生于一个很贫寒的原生家庭。如果和别人去比物质的话,我基本上是完败。

说实话,以前看见别人刚毕业父母就给他们买了新车,看见别人手上拎着价值不菲的包包,我也会羡慕。但是我知道自己和别人的家境的差距,努力让自己不陷入这种怪圈,久而久之,反而没有了攀比的心思,只一心去做自己的事了。

不知道大家有没有发现一个现象。

我们小时候生活条件远远不如现在,可能喜欢的漂亮衣服不能买,喜欢吃的零食吃不到。

那时候桌上有两个好菜,我们就开心得不得了,饭都能多吃一碗。大多时候,我们在物质上无法随心所欲,但依然活得很快乐,很轻松。

现在物质生活的水平不知道翻了多少倍，只要不是想吃龙肝凤胆，大多时候是能够自己满足自己的，但是我们越来越不快乐了，因为很多人活在和他人的比较中。

你买了一套100平方米的房子，还没有开心两天，发现别人买了200平方米的房子；你通过打拼买了一辆20万元的车，终于不用风吹雨淋了，结果你同事开了一辆50万元的车来上班；你今年赚了30万元，结果你的同学赚了100万元。

在这些比较中，你发现永远都有人比你住得更好、赚得更多。于是你丝毫感觉不到开心，有的只是失落和愤懑情绪，然后发狠似的追求名利，搞得自己疲惫不堪。

很多人觉得累，并不是日子过不下去，也不是能力不行，而是他们把自己的快乐建立在超过别人的优越感上。所以，他们很容易将生活的重心放在功名利禄上。

不管做什么事，他们只注重自己得到的东西是不是比别人的更好，一步步放大了自己的欲望，最后终于发现自己的能力已经跟不上自己的欲望，而又不知如何控制膨胀的欲望，更无法处理欲望和能力不匹配带来的矛盾，最后生活就变得越来越糟。

我们生来面对的就是一个熙熙攘攘、五彩缤纷的大型名利场，所以，名利心与生俱来，很多人沉浸在追逐名利的世界中，疲于奔命。

这世上山外有山，人外有人，你和别人攀比，看到的全部都是别人的光环和成就，无一不彰显着自己的弱小和失败。

其实这个世界多种多样，身家上亿的富豪可能在为公司的现金流发愁，收入微薄的农民可能在老家过着自由自在的生活。

年岁渐长,我越来越明白,人生的意义不在于和别人比较,只要自己不是天下第一,总有比输的时候,人生的意义在于和昨天的自己比较——今天的自己是否比昨天更好?哪怕只是好那么一点点。

我记得前不久在一本书里看到一组数据,只要你今天比昨天进步0.01%,那么1年以后,你就比原来优秀37.8倍,这种比较才有意义!

在这个世界上,我们无法去掌控别人,不能要求别人不要买新车,不要拎新包,不要来压我们,唯一能要求的是我们自己不去比较。

不要求自己的孩子比别人家的孩子更优秀,你就不会因为他某次考试不好而勃然大怒。

不要求自己住的房子比别人的更大,你才能感受到家的温馨。

不要求自己开的车比别人的更贵,你才能感受拥有的喜悦。

如果你不停地攀比,你所拥有的一切东西并没有改变,但是你失去了所有快乐,并深深影响了未来的生活——你很有可能因为攀比而做出一些超越实际能力的决定。

所以,不要因为别人拥有了什么东西而自乱阵脚,别人有别人的生活,你有你的人生。

我们总是为那些别人拥有的东西影响心情,却忘了幸福就是为自己拥有的东西而满足。

真正珍贵的东西,并不能用价值去衡量,有时候是一盏夜归时的小灯,有时候是一碗早起时的清粥,更多时候是一家人平安健康,齐齐整整。

我突然想起一句诗:"也笑长安名利处,红尘半是马蹄翻。"

34
得到的未必是福，失去的未必是祸

3年前，我爸动了一次大手术，医生说手术很成功，但是后期调养更重要，尤其是尽量少让他接触烟熏火燎的环境。

但他留在老家很难做到这点，经常和一群人聚在一起吞云吐雾，最后大家一致决定不能让他留在老家。于是，我想着把原本给他们以后养老的那套房子提前装修出来给他养病，就托一位很靠谱的朋友帮我介绍一家装修公司。

朋友表示没有问题，他手里就有一个合适的人，双方约个时间见面就行。

很快，朋友就定好了时间和地点，告诉我对方是装修界的黑马，在装修界异军突起，发展得很快。他约的是老板，他说他们关系很好,让我放开谈就行。

我本来有点儿担心:我就装修一套普通房子,他直接把老板约出来是不是有点儿小题大做了?

但朋友为人极其靠谱,我也就听他安排了。

我们约在咖啡馆里见面,我走进包间时,一个挺年轻的男人已经坐在那里了。男人旁边坐着的人应该是他的下属,正在和他说着什么。

我在打量他的时候,他也在打量我。然后他奇怪地看着我说:"我怎么觉得你这么眼熟啊?我们是不是见过啊?"

我仔细看了看他,拼命在脑海里回想,确定我并没有见过对方。然后他问我是哪里人,我如实回答了。

他笑着一拍大腿,说:"我们是一个地方的人哪,你几几年的?"

结果发现我们是同一年生人,他兴奋地说:"我就说你很眼熟,你中学在哪里念的?我可以肯定我见过你,你刚进来时,我就觉得你眼熟。"

然后我把学校报给他听,他笑得不能自已:"哈哈,老同学,老同学啊!我们是一个学校的,难怪你一进来我就觉得眼熟。"

聊下来我才发现原来我们中学是同一届的,但不是同班同学,他是隔壁班的。严格来说我们不是老同学,应该叫校友更准确。

他非常健谈,问我还记不记得当时的校长,我说记得啊,校长对我还挺好的。

他不爽地说:"这就是学霸和学渣的区别待遇啊。我告诉你,我最讨厌的就是我们以前的校长了。"

我惊讶地问:"我们校长不是挺好的吗?他怎么你了?"

他性格非常豪爽,直接告诉我,他中学都没有毕业,因为校长把他开除了。

我问:"校长好端端的为什么要开除你,你到底做了什么?"

他不好意思地笑了笑,说:"我以前学习成绩不好,还老打架,有一次校长把我叫过去批评,然后我很不服气。刚好他出去有点儿事,我就把校长室给砸了。校长回来让我道歉写检讨,我不肯,他气死了,觉得我屡教不改,就把我给开除了。"

记忆中的校长已经有点儿模糊了,我只记得那是一个很儒雅的中年男人,不苟言笑。他的夫人恰好是我的任课老师,教我语文,而我当年语文特别好,她对我很是偏爱,连带着校长对我印象也不错,所以我挺喜欢校长的。

我问:"那你被开除后,没有换个学校吗?"

他说:"我爸倒是给我重新找了个学校,但那时候我真的讨厌学习,所以不肯去,直接就进入了社会。因为年纪小,打工也没人收,我就摆地摊,然后开店,不小心被人坑了,赔了个精光。然后我又去开餐馆,一开始挺好的,但因为和别人合伙,后期双方想法不一样,只能结束。中间我还做过不少行业,最后才选择了装修行业,这时候人渐渐成熟了,经验也丰富了,就干起来了。我这种经历你这种好学生是不能理解的,所以我最讨厌的就是以前的校长。"

我开玩笑说:"你不应该讨厌校长,应该感激他啊。要不是他把你开除了,你就不会早早进入社会,积累大量丰富的经验,现在创业成功，身家过亿，否则你现在不知道在哪儿打工呢。所以是他成就了你啊，你怎么还讨厌他呢？你可以理解为他成就你的方式有点儿恨铁不成钢，但你现在成钢了啊！"

他愣了愣，然后大笑起来："你这么说好像也有点儿道理，要不是他，我可能被我爸逼着学习，然后上一个职业学校，现在真的不知道在哪儿打工呢。我这些年想起校长就生气，觉得他在我的履历里留下了污点，其实反过来想一想，他也算是成就了我。"

他是个挺豪爽的人，大手一挥说："算了，我也不记恨他了。其实他人还挺不错的，当年我确实挺浑的，还把他的校长室给砸了，换我我也生气，他也不是无缘无故开除我。"

然后我们谈起了装修方案，因着各种情分，他给了我一个比我的心理预期还低的价格，想来是不赚什么钱了。后来，我们成了生活中的好朋友，这就是人生的另外安排了。

这些年来，我越来越相信一点：凡事发生皆有利于我！一切都是最好的安排！

不管是我还是我身边的人，皆印证了这一点。

几年前，闺密的老公做生意失败，不但亏掉了所有本钱，还欠下了数百万元债务。当时闺密没有告诉任何人这件事，而是迅速辞职创业了。

当然，我们都不知道内情，以为她终于想明白决定做自己喜欢的行业了，因为闺密特别喜欢美容业，很早之前就说想辞职创业，但领导很器重她，她干得也挺开心，就迟迟没有走出第一步。我们以为这一次她终于想通了。

然后她全心投入自己的事业中，那段时间我们几乎见不到她的人。她性格很好，情商又高，人还很聪明，两年时间就开了4家连锁店。

后来，我们闺密圈子年终聚会时她才吐露了实情，说她之所以这么干脆辞职，没日没夜地打拼，是因为老公生意失败欠了不少钱，她想尽快把钱都还了，欠人家的钱总归是不好的，为此还把一套房子卖了。

当时，另外一位闺密问她："亲爱的，你老公欠了那么多钱，你有没有怪他啊？"

她想了想，说："一开始确实有点儿生气，但我很快就想通了，既然事情已经发生了，责怪也没有用，还不如一起解决问题。现在我反而感激有这个插曲呢。如果不是他生意失败，我可能现在还没有辞职，也没有机会做自己喜欢的行业。这么看来，其实我还赚了呢！"

事实上，她得到的不仅仅是这些。老公经历过这个打击，看到老婆为他殚精竭虑，对她的感激之情和爱达到了前所未有的程度。婆婆看到她不但没有怪自己儿子，还积极想办法解决问题，把她当成亲生女儿一样疼爱。只要她在家，婆婆绝对不让她沾手任何家务，每天嘘寒问暖。

去年她又生了二胎，婆婆忙里忙外地照顾她坐月子，任谁看到她们的关系，都要说一声羡慕。

我们每天都会遇到很多事，好事坏事皆有，但事实上，一件事是好是坏，并不取决于事件本身，而是取决于我们如何面对它。

当坏事发生时，如果我们怨天怨地，难以自拔，那坏事就彻彻底底是坏事了；如果我们积极应对，那么，完全有可能扭转局面。老天对所有不抱怨、不放弃的人，总是多一分偏爱。

失之东隅，收之桑榆！你在某处有所失，在另一处终有所得。但如果你在逆境中无法自拔，终将深陷泥潭，困苦潦草地过一生。

《菜根谭》中讲："苦乐无二境，迷悟非两心，只在一转念间耳。"意思是：苦境乐境，全在于心境；迷茫顿悟，也不过是一念之间。

前事种种，成就了现在的你；当下种种，将造就未来的你。

35
成功后的放松叫松弛，一无所有时的松弛叫摆烂

有一次，朋友在朋友圈更新了一组照片，是他们家老、中、青三代人一起出游的照片，非常温馨美好，有种共享天伦，岁月静好的味道。

于是我在下面羡慕地说："真好，在哪里玩哪？"

朋友告诉我她爸得了癌症，在当地检查后，医生说当地条件有限，最好去大医院治疗，对病情更有把握。

于是，全家人就带着她爸来到了杭州，但是杭州医院的床位比较紧张，他们要等个四五天才有位置。

好在她爸虽然得了重病，但并不影响行动，于是在等待床位的几天时间里，她决定带全家人玩遍杭州。

恰逢初夏，西湖的荷花渐次开了，他们先去了西湖，她爸妈说已经有30年没去过西湖了，没想到因祸得福了。她给老两口拍了很多照片，老两口笑得非常开心。

然后他们又去了灵隐寺，老人家对寺庙都有一种独特的情结，一家人在灵隐寺烧香许愿后，她爸爸还嚷着要爬北高峰，最后热得把假发都摘了，那光溜溜的脑袋把大家逗得"哈哈"大笑。

最后全家人去梅家坞喝茶聊天，一点儿都不像来看病的，简直就是来旅游的。

我问她："叔叔的病严重吗？"

她说挺严重的，但是医生也说了，这个病发展起来没那么快，只要治疗得当，病人再活个十几二十年的例子比比皆是。如果这个时间里，医学继续进步的话，病人能活更长时间也说不定。只要病人心情好，一切皆有可能。现在医生给他用的都是进口药，她爸反应不大，还乐呵呵的呢！

进口药意味着不能报销，照顾一个病人，尤其是长期照顾一个病人，也是一个浩大的工程，对很多人而言，这是生命不能承受之重。

但朋友在这一切面前丝毫没有焦虑抱怨，反而带着所有人放松地玩，这种行为既是松弛感的体现，也是经济实力的具体展现。

即便她爸的病比较耗钱，她也完全承担得起，因为有足够的经济实力时，人展现出来的就是松弛的状态。

前几天，邻居到我家来串门，和我们说了一件事。他托一位设计师从欧洲帮他带回来一个花瓶，那个花瓶价值30万人民币左右，他很喜欢，就交代家里的阿姨打扫时小心一点儿，千万别摔了。

但有时候就是我们越不希望发生什么，就越发生什么。有一天，他正坐在茶室里泡茶，突然听到一声脆响，走过去一看，花瓶已经摔得四分五裂，阿姨手足无措地站在旁边，怕得不行。

他当时有点儿生气，明明已经交代了要小心，为什么阿姨还会把花瓶打碎？他也没有想好要怎么做，就开车出去兜风了。过了一会儿他老婆打电话给他说，阿姨被吓坏了，在家里一直哭，也小心翼翼地问过这个花瓶多少钱，她说二三十万元吧，阿姨被吓得快晕过去了。

他出去兜了一圈，心中的郁闷情绪也消散了，想起阿姨也不容易，真要赔的话，两三年工资都没有了，想着就算了。

他回到家的时候，阿姨连看都不敢看他。只要他出现，阿姨就赶紧回房间里躲起来。他又好气又好笑，让老婆把阿姨叫出来。结果老婆去叫了几次，阿姨都不肯出来，最后是被半拉半拖出来的，整个人都在发抖。

他叹了一口气，说："你也不是故意的，做家务偶尔打碎个碗、打碎个把花瓶都很正常，这次就不用你赔了，下次做事要小心。"

阿姨这才觉得自己活过来了，千恩万谢，说自己下次一定会非常小心。

他感慨地说："其实我根本没有想过让阿姨赔钱，这个赔起来太多了。只是花瓶刚被打碎时我肯定不爽，所以就出去兜了一圈，没想到阿姨怕成那样。这事都过去好几天了，她还战战兢兢的，看见我都不敢直视我，太紧绷了。"

我说这是她的现状决定的。如果她身家不菲，打碎花瓶就打碎花瓶，不至于被吓成这样。当然，如果是那样的话，她也不可能到他家去做阿姨了。

这几年很多人在聊松弛感，也有很多人想拥有松弛感，其中包括我。网上有无数种方式教我们培养松弛感，但是这两件事让我清醒地明白，松弛感离不开必要的物质基础。

对大部分普通人而言，上有老人要赡养，下有子女要抚育，还有各种房贷、车贷要偿还，一家人的日常开销亦是必需的。

他们担心自己哪天不小心失业没了收入，更担心老人有什么病痛。生活的压力扑面而来，松弛感太奢侈了，他们要不起，如果再遇到点儿突发事件，整个人都有可能崩溃。

让一个承受了无数生活压力的人活出松弛感，这根本不现实。即便他真的有了松弛感，也不会获得别人的夸奖，只会让别人觉得这个人没心没肺，不知所谓。

假如邻居家的阿姨打碎花瓶后，仿佛什么事都没有发生，很多人会觉得，她太不负责任了吧，把人家的花瓶打碎了，还跟没事人一样。大家会赞赏阿姨身上的松弛感吗？所以阿姨的反应才是一个普通人的正常反应。

除非阿姨有不菲的身家，发现自己打碎了花瓶，微微一笑说"碎碎平安"，然后照价赔偿。

人为什么缺乏松弛感？我觉得主要有两种情况，其中一个是对自己有很高的期待。这种期待会使一个人自发地全力以赴做到最好，他不能接受自己不完美，不能接受自己犯错，更不能接受自己不求上进。所以在别人眼里，他就会显得紧绷。解决这种情况的办法说难很难，说简单也很简单，只要自己想通，也就海阔天空了。

但还有一种情况是经济现状造成的，你没有足够的抗风险能力，没有足够的自信去过好余生。这种情况下不管你如何暗示自己要松弛，都收效甚微。

即便在和风细雨的时候，你勉强做到了，好像已经松弛下来了，只要一遇到波折，一切都会被打回原形，所谓的松弛感，也不堪一击。

我以前活得很紧绷，一位亲戚对我的工作方式很不认同。他经常对我说："虽然我收入没你高，但生活质量比你高多了。你看你每天都埋头苦干，估计连花钱的时间都没有。你啊，真是太傻了，像我多好啊！"

结果没多久，他父亲被查出得了重病，但并非没救，只是治疗费很高，很多东西要自费。

他父亲60多岁，有很强的求生欲，但如果治的话会掏空一个家庭的所有积蓄。

但人命大于天，不可能眼睁睁地看着亲人痛苦地死去，全家人还是心痛地拿出了所有积蓄。可是治疗归治疗，一家人的矛盾不断，他和他妈埋怨他爸为什么要生这种病，他爸生病也心情不好，说："这是我自己想生的吗？"他们经常几句话不对就发生口角，他的松弛感自然也荡然无存。

抛开物质条件去谈松弛感，我总觉得犹如海市蜃楼，转瞬即逝。

真正的松弛感建立在一定的经济基础和轻松的心态上,两者缺一不可。

你想去远方,路费很贵,想历大海,船票很贵。所有的美好事物,都有代价。

我们必须承认,事业有成后的放松叫松弛感,一无所有时的松弛感叫摆烂!

36
世上有一条永恒不变的古老法则：放下即拥有

今年我办了一个线上圈子，叫"开智岛"。每天我在里面分享心得感悟和挑一些典型的问题作答，一下子就有3000人参加。这算是大家的一个世外桃源，每天热闹得不得了。

然后我发现很多女性被困在原生家庭里无法自拔，有一段时间，提问的内容几乎全是关于原生家庭的。

其中有一位妹子的故事给我的印象最深。

她说她父母是普通人，一共养育了她和弟弟两个孩子。父母很朴实，每天都勤勤恳恳地赚钱养家，显得比同龄人更苍老。她很心疼父母，所以从小就帮着父母干活儿，减轻父母的负担。

弟弟比她小8岁。只要她放学，弟弟都是她带的。后来她大学毕业,弟弟还在念中学,她主动承担了弟弟的学费和生活费。

弟弟上大学的时候,母亲说男孩子没有房子以后不好找对象,把家里所有的积蓄都拿出来给弟弟买房付了首付。

后来她要结婚了,男方给了10万彩礼,按照当地风俗,女方父母也应该陪嫁一些压箱底的钱,但她母亲告诉她,给弟弟买房子付首付已经花完了钱,家里真的没有钱给她陪嫁了。

她也没有怪父母,自己找闺密借了几万块钱,就当是父母给的陪嫁钱。结果几个月后,弟弟大学毕业开始上班,父母却一下子给弟弟买了一辆车供他上下班。这对她的打击很大:原来父母不是真的没有钱了,只是不想把钱花在她身上而已。

后来,弟弟谈了个女朋友,要谈婚论嫁了,父母让她帮衬一部分,但这时候她已经结婚有了自己的小家,也有房贷、车贷,日子过得并不富裕。可最后,她还是给了几万块钱。

现在父母越来越老了,只要有事就打电话给她,出钱出力都是她的事,但有什么好处父母就第一时间给她弟弟。她并不是计较那点儿财物,钱她可以自己挣,东西她可以自己买,但是父母的做法让她很伤心,她问我该怎么办。

我很干脆利落地告诉她:"你父母抱有重男轻女的观念已经大半辈子了,几乎不可能改变。如果你以后不想经常郁闷伤心,其实也好办,别在乎你父母更爱的是谁,父母不愿意给你公平待遇,你可以自己给自己。比如你父母更喜欢你弟弟,出钱出力都是为你弟弟,我觉得这是他们的自由,虽然可能对你不公平,但其实我们无权强迫任何人爱我们。

"没有谁的人生是十全十美的,有些人命中注定六亲缘浅,就是没有父母亲缘,无法强求,唯有接受,看淡,看清,然后放下。

"但是缘浅是相互的,如此你也能释怀,所以以后你父母有什么事,都让你弟弟去管,毕竟他们最爱的人是你弟弟。比如他们生病时,让你弟弟去照顾,他们看见心爱的孩子在床前尽孝,心情都能好十倍。"

她叹了一口气,说:"哪里有这么轻松?他们才舍不得让儿子受累呢,有事肯定是找我的,有好处才会找儿子。"

我几乎每次和人聊原生家庭的问题,都会聊到这上面。我当然知道重男轻女的父母是怎么想、怎么做的,他们当然不会舍得让心爱的儿子受累,至于女儿,因为不怎么爱,当然不会心疼,使唤起来得心应手。

但是,你为什么一定要配合呢?为什么你对这些不平的事做出了自己的合理反应,还非要对方同意呢?他们重男轻女的时候,也没有征求你同意,甚至也没有管你高兴还是不高兴。那为什么他们不配合,你就寸步难行了呢?

最初的时候,我看见这些妹子,大多是恨铁不成钢,认为难怪她们被人不公平对待这么久。我也想象过我自己遇到这种情况怎么办:以我的性格,我一定是你对我好,我对你更好;如果你对我不好,不管是谁,我都不可能对你好。我根本不会去管不爱我的人怎么想。

但是渐渐地,我也开始理解她们的想法了。

她们之所以不愿意做得像我这么决绝,是因为她们从小到大都有一个执念,那就是要向所有人证明自己才是最值得被爱的那个孩子。所以她们乖巧听话,拼命付出,希望有一天父母能够意识到他们错了,他们最应该爱的并不是儿子,他们的儿子对他们一点儿都不孝顺,只有自己这个女儿才是最孝顺的,才是最值得父母疼爱的。

因为这个执念,哪怕父母做得很过分,她们也无法做到决绝。因为她们不仅仅要向父母证明自己是最值得被爱的孩子,还要向亲戚、邻居,甚至周围所有认识她们的人证明,自己才是最好的那个孩子,否则就不知道如何面对自己内心的黑洞。

她们无法接受自己不被爱这件事,其实不仅仅在原生家庭里,在两性关系里也一样。为什么很多女孩子喜欢有很多人追的感觉呢?为什么单身久了的女孩子会焦虑不自信呢?

甚至还有不少女孩子,明明不喜欢一个人,也可以和对方在一起,因为她想证明自己正在被爱。如果身边没人,她会觉得自己低人一等。

我想起多年前认识的一位姑娘,这位姑娘几乎每天会收到鲜花或者巧克力、水果这些礼物。每次收到时,她都会半娇嗔半埋怨地说这些人好烦哪,自己真的不想谈恋爱啊!

然后她就把花和巧克力这些东西分给办公室的同事,看着同事们羡慕的眼光,无比满足。

一开始大家都以为追她的人特别多,时间久了才发现,那些花啊巧克力啊都是她自己订给自己,然后让人送到办公室的。为此,她将所有的薪水都搭进去了,还在网上欠了不少钱,直到纸包不住火了，大家才知道实情。最后她父母帮她还清了欠款，她觉得没脸见人就辞职了。

许多女性穷尽一生都在证明两件事：一是自己值得被爱，一是自己正在被爱。不管是证明值得被爱还是证明正在被爱，其实这样的女性都陷入了自证陷阱。

殊不知，父母多爱你一点儿还是少爱你一点儿，并不会影响你的人品，有男人爱你还是没男人爱你，也并不影响你的魅力值。

人生的很多痛苦来源就是来自"我希望他们爱我，结果他们不爱我"，这些人却不知这世上很多东西越强求，越难得。只有少数人早早看明白了这一切，不再陷入各种执念之中，明白与其强求别人爱自己，不如自己爱自己。

当你放弃对他人的期待时，你才开始真正变得从容洒脱。然后你会发现，当你不在意时，你曾经苦苦求不得的一切，早已不费吹灰之力地出现在你眼前。

世上有一条永恒不变的古老法则：壁立千仞，无欲则刚！

37
3副耳机，揭示了3种不同的人生选择

熟悉我的朋友都知道，我酷爱音乐，但创业后经常忙得脚不沾地，连这个最大的爱好都舍弃了。今年我打算重新滋养自己，这个爱好就被捡起来了，我也会时不时在朋友圈里分享音乐。

有位设计界的朋友看我一直在听歌，送了我一个很有设计感的音响，说用这个听更有感觉，但是音响太大不适合放在房间里。还有一位朋友正好在国外出差，送了我一个小巧的据说是"音响界的劳斯莱斯"的室内音响给我。

我听音乐的历史很悠久，大概可以追溯到我几岁时。我音乐听久了，要求就越来越高。我在念高中的时候，曾用历年压岁钱和奖金买过一套1500元的随身听，被我妈骂得要死，说我穷得"叮

当"响，要求高得要死，不知道像谁。

当我真的有实力去享受听觉盛宴的时候，我却没了时间，现在仿佛要补偿过去10年的忙碌生活一样，在能力范围之内就想给自己最好的东西。

朋友的馈赠好似瞌睡时有人递了枕头，这几天我正嫌听得不过瘾，但音响有了，缺一副好耳机。我查了一下我喜欢的牌子，只有上海有专卖店，本想让先生陪我去买，但他要出差，让我等他出差回来。

但我是个超级行动派，一旦起心动念，就会立刻去做，等不了。

恰好有个附近的朋友要去上海，我就让她带我一起去了，先陪她办完事，她陪我去选耳机。

朋友说："这次见你感觉很不一样，你年轻了，不是说你的脸年轻了，而是你身上的活力和以前不一样。以前和你见面都是匆匆忙忙的，你不是说要回去做课了，就是要回去直播了，完全就是一副辛苦创业的样子。而现在你可以为了一副耳机，花一天时间跑到上海，我喜欢这种洒脱随性的生活方式。"

我笑笑，说："洒脱随性谁不会啊，没有以前的辛苦创业，怎么可能有现在的随心所欲呢？所以我从不后悔我的选择。"

我们说说笑笑间就到了目的地，一进门就感受到了一股宁静的力量。室内轻音乐缓缓流淌，灯光打得恰到好处，搞得我都想去打工了。

店员奉上茶问我要什么样的耳机，朋友帮我说："你们店里什么耳机最好，你拿给她看看。"

店员迟疑了一下。

我想了想,说:"我要那种人声近耳,适合听粤语老歌的,立体环绕和低音效果要好的,不能炸耳,要入耳浑厚的那种感觉!就是要那种狗听了都觉得深情款款的感觉。"

朋友笑着和我打趣:"没事骂自己干什么?"

店员笑了笑,还是给我拿了3款耳机过来:一款是综合指数最高的,兼顾了绝大多数歌曲,也是买的人最多的;一款是适合听快歌的,音响效果很好;一款就是人声近耳的。他让我都试戴一下,对比一下。

朋友说要不买综合指数最高的,这款什么歌都适合,毕竟买的人多。

我摇摇头,说:"我听歌很专一的,一般是听那种深情款款、咬字特别清楚的歌,所以第三款最适合我。"

她说:"万一以后你想听别的歌了呢?"

我说我很了解自己,几十年的口味很难变。

其实很多人做选择的时候,恨不得样样兼顾,最好一个选项解决所有问题,而这样的选项最有问题。我做选择只需要解决我的核心需求,我的核心需求就是要在我耳边浅吟低唱的感觉,符合这个条件的耳机就行。如果我以后想听不同风格的歌了,我就买第二款,综合指数最高的那款我反而不会考虑。很多时候两个需求是根本无法同时满足的,满足了高音需求就无法满足低音需求,如果都想满足,只能取个中间值平衡一下,事实上哪个都不出彩,但绝大多数人总想样样兼得。

最后，我心满意足地拿着耳机踏上了归程。

朋友说："这次和你一起来很值得。其实我最近也遇到了事业和家庭的问题，一直不知道怎么选最好，很内耗，但是现在知道怎么选了。"

其实我也收到了各种各样关于选择的求助，大多数人纠结是因为既想要A也想要B，但有时候A和B根本不可能同时被满足，就好比阴阳两面。比如又要在公司上班，又要在家带孩子，谁有分身术呢？

有时候个人能力无法支撑自己同时去做两件事，但他们又不想舍弃任何一件。我越看越清醒，告诫自己千万不能陷入这种"名为选择纠结症，实为贪"的内耗状态中。

大多数人80%的精力消耗于这些毫无意义的纠结事情中，我在很多文章里写过，但凡让你纠结的两个选项，本质上都差不多。一张面值100元的新币和一张面值100元的老币你会不知道怎么选，一张面值100元和一张面值10元的，小孩子都知道怎么选。

但我现在又有了不同的感悟，很多人做选择时有一个误区，那就是希望一次选择能够解决所有问题，并且仿佛这辈子只能选择一次。

这就是思维僵化的结果，我们每一次选择能够解决当下的核心问题和需求即可，当你的问题解决了，或者需求变了，你再选择一次就是了。谁也没有规定你这辈子只能选择几次，所以你何必这么吝啬选择呢？即便你选择错了又如何？难道你不能重新选择了吗？人生有很多次机会，也有很多次选择，你要做的就是在选择中螺旋上升，然后你会发现，越到后面做选择越轻松，因为实力上来后，你能兼顾的东西就越来越多。

一开始，你面对的大多是单选题，因为选一个后，你的能力就达到上限了，但选到后面，你可以做多选题。比如，你最初买衣服只能选自己最喜欢的，但有实力后完全可以不必选，想要的都买就行。

但是如果你一直不选，白白浪费时间，或者贪心不足，最终就会一无所有，你失去的是时间和机会成本。

做选择时，你唯一需要考虑的只有一点：客观认清当下的自己。认清自己当下的需求，也认清自己的能力上限，接受一切真相，然后你会越选择越清醒，因为你会懂得自己为什么需要放弃一些东西。

38
不要为没有发生的事担心

十几年前,在房价最低迷时,我以极低价格买下了一处依山傍水、空气极佳的独门小院,打算将来用作养老之所。

奈何我是等不到天黑的性子,买下小院不到两年,就迫不及待地找设计师开干了。因为不急着住,加上我要求高,装修过程中我折腾来折腾去,足足装了四五年才完工。

先生和我的朋友们听说我给自己弄了这么一个养老胜地,纷纷要求来参观一下。于是,我过上了每周宴客的日子,提前过了一把退休瘾。

W夫妇来的时候,已经是今年初夏了。对他们的到来,我是非常开心的。虽然他们是先生的朋友,我和他们见面次数并不多,但不知为何，我就是喜欢他们，也许是他们活成了和我的现实生活完全不同的模板吧！

而他们之所以来得晚，是因为他们除了工作，大多时间在世界各地游玩，行踪飘忽不定，我们能见面很不容易。

他们来的那天，天气非常好，既没有春寒，也没有夏暑，我们从外面请了个烧烤团队，在院子里吃烧烤，就着天光云影聊人生，听他们讲各国见闻。

W夫妇都已年近60，但看起来最多40岁，非常年轻。他们绝对是我朋友圈里活成另一种典范的模板。

夫妻俩各有自己的事业，都在自己的领域做得非常出色。他们是丁克一族，至今没有孩子，如果是现在，选择做丁克族也不稀奇，毕竟现在很多人已经选择了不婚不育，但他们那个年代，当时的大环境和现在完全不同。

这些年我做情感领域，对丁克族也不陌生，但是我听到的大多数言论是做丁克族对女性而言风险太大了。因为年轻的时候彼此都不要孩子，但男人花期长，随时可以反悔，而这个时候，女人往往已经没有反悔的余地，只能成为被放弃的一方。

不怪大家这么认为，毕竟娱乐圈里这种例子也不鲜见。有些明星因为事业或者个人年轻时的观念，选择做丁克族，仿佛活得清醒，却在年老时反悔选择要孩子，此时原配年纪已大，这个孩子大概率是由更年轻的女人所生。那个与他们相濡以沫的女人，大概率会成为弃子或笑话，令人感叹。

还有的人则认为没有孩子的人生是不完整的，晚年的空虚和孤独无人填补。中国人的传统观念多子多福还是有道理的，可其实谁也无法去预判别人的人生。

但在W夫妇身上，我丝毫没有看到这些问题。他们脸上没有担忧，没有遗憾，有的只有对生活的热爱和对人生的豁达。他们活成了很多人羡慕的样子。

趁着W夫妇上洗手间的空隙，我偷偷对先生说，W好喜欢他老婆啊。先生好奇地问我怎么看出来的。

我骄傲地说："我是专门研究情感的，这还会看不出来吗？你看只要他老婆说话的时候，他就一直含笑看着她，那种欣赏和喜欢的样子是装不出来的。然后他自己站起来的时候，会不自觉地揉揉他老婆的头发，有时候还会给她捏两下肩膀，爱是藏在这些小动作和小细节里的。还有你看他老婆的笑容，非常纯净，眼睛亮晶晶的，只有长期在爱的沐浴下的女人，才会笑出那种感觉。这个我就不知道怎么和你形容了，总之就是一种感觉。"

我喜欢看别人幸福，也喜欢和幸福的人接触，因为他们身上能量很高，却丝毫没有杀伤力，有的只是让人开心的力量和如沐春风的舒服感觉。

席间我说起明年我想花一部分时间去全世界游学了，但我对国外的事一窍不通，不知道从何做起。

他们夫妇很热心地说："这个你问我们哪。你想先去哪个国家，我们给你做攻略。"

我随口问了一个傻傻的问题："我听说法国有很多小偷？"

W太太一听这话就笑了："法国我已经去了四五十次了，工作原因的,纯旅游的都去过好多次,说实话我从来没有碰到过小偷,你听到的都是人云亦云的消息。你只要不是去住太差太偏僻的酒店,应该都是安全的,我相信你这么惜命的人也不可能去住那些太差太偏僻的酒店吧!"

然后她热心地给我介绍起法国来,假如我是为了去了解时尚信息的,我应该走什么路线,假如我是去体验异国风情的,应该走什么路线,假如我是去吃美食的,应该走什么路线。有几个地方是一定要去,非常值得去的,什么季节最适合去……她简直就像是一部行走的法国地图。

最后她索性说:"你要是愿意的话,我把我们明年的计划发给你,你看看哪些是你感兴趣的,我们可以一起去。你跟我们走几次,就什么都明白了。我一直觉得你读了万卷书,但出去走的时间太少了,现在开始你应该行万里路了。"

我眼睛一亮,立刻说好,定下来年的约定。

前几天,有位粉丝问我,她已经30岁了,还没有结婚,当然也不会有孩子,看到很多人不婚不育,也看到很多人结婚生子,她既担心没有孩子晚景凄凉,又担心结婚生子,生活一地鸡毛,问我该如何选。

其实每一种选择都有利弊,但有的人选择后,会无限放大自己选择一面的优势,有的人选择后,不断地后悔,想象着另一种生活是不是更好。

其实令我们生活得更好的并不是我们的选择,而是我们的心态,真正幸福的人是怎么做的呢?

当选择了结婚生子，那我就努力好好经营我的凡俗生活，去体会生活中的相伴点滴，去陪伴我带到这个世界来的小生命不断成长。纵使这个过程中也会疲惫，也会有繁杂琐事，但我不会抱怨我的选择。

当初所有选择也是我基于现实多番考量后的最优解，我又有什么可抱怨的呢？

假如选择了做丁克族甚至不婚，那我就努力将自己的人生活成另一种样子。我不会去担心我老了没有人陪怎么办，更不会在乎别人怎么评价我！我只需要好好享受生命赋予我的美意。

谁的人生也不可能十全十美，你问问自己内心最想要的是什么，然后默默追寻即可！

当一个人真正做到了从心，他才是最舒服、最松弛的那个人。这样的人无法令人不爱——无论未来如何，他都是赢家！

39
终有一天，你会找到最好的自己

当我决定要写一本书的时候，我第一时间就想起了一位闺密。年轻时我们经常相爱相杀，相互调侃，后来她去了别的城市发展，我们年纪也越来越大了，反而有了一种惺惺相惜的意味。

在和别人联系越来越少的时候，我和她的联系频率却始终不曾减少过，我们隔几天总会聊一聊。

她并不擅长写作，但因为为人有趣，脑子里想法很多，经常会给我提供很多灵感。所以我第一时间就把写书的想法告诉了她，让她多多给我提供灵感。

她说了几点，我不太满意，嗔怪道："你说的这些都是老生常谈了，我要的是让我眼前一亮或者共情、共鸣的主题，重新说。"

她大叫道:"女人,你这不是为难我吗?不是我不愿意好好想,主要是我只有和你见面聊才会有很多灵感,你让我对着手机屏幕,我真的没什么灵感哪。要不我们见面聊?"

我说:"好啊,我请你吃大餐,如果你能狠狠刺激我的灵感,我请你吃一个月都不成问题。"

然后我们很快确定了时间,嘻嘻哈哈地相聚了。天南地北胡扯一通后,不等我进入正题,她长长地叹了一口气,说:"女人,我感觉我找不到生活的意义了,这就是我目前最大的困惑了。"

我笑着说:"你就是因为太富有了,才找不到生活意义的。你说你名下房子有无数套,去年给你爸妈买房子、装修房子,今年又给自己买别墅,还给自己放了几个月假,又是去新疆,又是去西藏,还出国去迪拜这个销金窟了。你每天都在享受生活,还找不到生活的意义啊?要不你把钱都捐给我,重新去赚钱,就能重新找到生活的意义了。"

话虽如此,其实我完全理解她的心情,因为人生并不是有钱就有意义,丰盈的人生一定是多维度的。

刚创业的那几年,我一门心思放在如何让事业成功上。我每天早上5点起床写作,晚上12点还在工作,时间安排得很满,根本没空去想别的事情。

就这样,我用一种近乎自虐的奋斗模式,很快就取得了成绩,然后乘胜追击,部署了平台矩阵、电商矩阵、社群矩阵,又涉猎线下一些其他领域。事业越做越大,我也越来越忙。

有时候我忙到一个星期不出门,谁也别影响我打拼事业。一开始我并不觉得这样有什么不妥,甚至在心里很骄傲:别人在看抖音时,我在努力打拼;别人裹足不前时,我已经走得很快;别人在挥霍岁月时,我抓紧了每一分每一秒。

一开始,事业的成功让我拥有了前所未有的底气,我对未来充满了信心。很多人觉得我太辛苦了,但我自己一点儿都不觉得苦。虽然那时候工作确实过于饱和,但我不知疲倦,乐在其中。

看着父母因我成功而对我言听计从,看着周围的人对我欣赏佩服,感受着来自外界的肯定,我确实无比满足。

然后我就想着既然所有肯定都是来自事业,那我必须更加努力地干事业才行。

我也确实这样做了。

在所有人眼里,我是一个无比自律的人,更是一个无比清醒的人。我活得很正确,把自己的人生安排得非常好,所以在成年以后基本上没有遭受过生活的拷打。

但是渐渐地,事业带给我的快乐越来越少,或者说类似的夸奖言语听多了,我渐渐就无感了。

尤其是这两年,我一直在问自己:我最向往的东西到底是什么?我这辈子最大的人生意义到底是什么?

过去两年我一直没有写书,因为我的心其实并不平静。我对出书是有执念的,我写的书未必是最好的,但在我自己的能力范围内,必须是最好的。我希望年老时我翻阅自己出版的一本本书时,不要在里面看到敷衍的文字,而是透过岁月,回忆那时候的心境,因为它们承载了我一段段心路历程和人生变化。

我有梳理自己的生活、事业等的习惯。每隔一段时间，我就会给自己的心境、生活、事业做一次梳理工作。而我最近在梳理过程中发现，我人生中最快乐的时光，其实是写书的时刻。当我写书时，我会忘记这世界上的一切，仿佛天地间只剩我自己，我在和自己、和读者对话。写到精彩处，我更是可以不吃不喝。写出一篇精彩的文章后，我会高兴得像个孩子。

当那本《做一个刚刚好的女子：不攀附，不将就》连连加印时，我感觉自己整个人都是自带光环的，每天都笑容满面。当我连续3年进入中国畅销作家排行榜时，我内心的满足感超过任何时刻。

当有读者和我说，我的书伴随她走过人生的至暗时刻时，我会看着留言面露微笑。当有读者和我说，我的书在她的人生关键时刻做出了指引时，我会特别有成就感。

写书带给我的愉悦感是任何事都不能比拟的，我出版的每一本书都好比我的孩子，所以我有了强烈的想写书的念头。

说实话，就我目前的现状去写一本书，这在很多人眼里是挺傻的，因为写书是赚不了钱的。现在喜欢看书的人越来越少，图书市场越来越不景气，国外一本书可以卖一百多块钱，而我们的书打完折价格低得可怜。即便如此，很多人也不愿意看书买书。

我曾经一起写书的好友们基本上不写书了，有的去做直播了，有的转战短剧了，发展得都很不错。

所以大家认为同样的时间，应该做回报率最大的事，这才是聪明人的选择。

可是，人生不能永远都在计算得失啊，人总应该做一些自己真正喜欢的事，在做的过程中感到喜悦，那就已经是最好的收获了。

其实当我决定用心写一本书，写一本能够让当下很多迷茫的人找到自己的人生的意义，轻轻放下焦虑的心情，重新滋养自己一遍的书时，我就觉得我找到人生的意义了。

在做了这个决定之后，我整个人都回到了最佳状态。我不会在工作之余，突然去想我工作的意义到底是什么，也不会在夜深人静时突然觉得烦躁，更不会站在窗前长时间发呆，感觉自己被某种东西束缚住了。我始终还是那个把精神需求看得比物质需求更重的人。

我们这辈子最大的使命，就是要透过凡俗世界的迷雾，摆脱他人的期待，放弃外界的评判，找到真正的自己。

人生最大的成功是敢于对抗外界的一切设定，始终遵循自己的内心。

人生有很多个阶段，在漫长的岁月里，遵从自己每一个阶段的内心，那才是真正活得明白，活得风生水起，真正把命运掌握在自己手里的人。

其实我为了找到人生的真正意义，足足花了一年时间，内心经历过无数次矛盾、碰撞。这个心路历程，我将在最后一篇文章里和大家一一分享！

40
一生何求

过完 40 岁生日的某个清晨,我半靠在躺椅上看书听歌,看完整本书已经上午了。阳光很好,我忍不住想出去走走。

小区中间有个人工湖,一面环山,当初我搬到这里来,就是因为我喜欢山水,出门又是市区,特别适合我这种喜静但又喜欢生活便利的人。

我沿湖缓缓散着步。青青的山倒映在波光粼粼的湖面上,看山色水光相互映衬,我极目望向天边,浮云若絮。我在天光云影中随意徘徊,惊觉已经好久没有静下心来去欣赏这一片湖光山色。

苍生万千,各自繁忙,每个人都像上了跑步机,按钮一开,根本停不下来,只能紧绷着神经一直跑,不知何时是尽头。

我看着湖中的光景，拷问自己的内心：这一生所求到底为何？

曾经我以为我追求的是事业成功和实现财富自由，因为从小家境贫寒，所求皆难得，我虽已接受一切，却总想拥抱小时候的自己，以自己的能力去补偿那时无助的自己。

但当我真的有能力这么做了，我才发现其实我的物欲很低。我不追求奢侈品，不是故作清高假装不喜欢，而是真的没有这个情结。

于我而言，我首先看的是这个东西我是否喜欢：如果我喜欢，贵的也行，便宜的也行，我都会买；如果我不喜欢，就算再名贵的东西我也无感。

在生活上我也极为简单，甚至从我爷爷奶奶的长寿里发现，人若想活得健康，可能粗茶淡饭更合适，所以今年家里买了很多五谷杂粮，餐桌上从不间断的是玉米、地瓜、南瓜这些东西。

有时老家的人过来，会无比惊讶地说："你们就吃这些啊？这吃得还不如我们呢，那你还创业干什么啊？！真是太傻了。"

所以我经常问先生："你说我对物质要求也不高，也没有其他生存压力，每天把自己的时间安排得这么满，到底是为什么啊？难道是因为我犯贱？"

先生心疼地拍了拍我的头，一针见血地说："可怜的孩子，这都是原生家庭带来的创伤哪。你小时候物资太匮乏了，想要什么没什么。你害怕重新过回以前那种生活，所以不敢停，不敢歇。你也见多了父母不努力被人轻视的场景，不想自己也这样，这就是你的源动力，但其实你已经做得很好了。你的生活中不能全是工作，你已经过了这个阶段，基础已经打得非常好，现在应该去体会更广阔的人生，重新寻找生命的意义。这个世界上有很多美好的事物你都还没有体验，当你去体验这些事物的时候，你会发现你有源源不断的灵感和完全不同的视角。"

曾经先生也和我说过类似的话，但我听了大多不高兴，就好比我在全力以赴地打自己的人生翻身仗，结果旁边有个人说："你不必这么努力，慢慢来。"这简直就是拖我的后腿。

但这一次，我认同了他的话，生出了无限向往之情。

写到这里，我也有点儿感慨。很多人有一种苦恼，就是自己身边的人遇到了问题，自己明明一心为他好，对方却完全不听劝，不识好歹。其实每个人、每件事都有自己的发展规律，当他的人生还没有行进到这一步时，你和他说再多话也没用，因为你们还不在一条轨道上。

但是有一天，你再说同样的话时，对方突然就会奉若至宝，因为他的人生正好行至这一刻了，所以你们才有了灵魂相契的刹那。这种事，急不得也努力不得，全看缘分，因为有的人可能很快开悟，有的人可能一辈子都不会开悟。

我之所以能听进先生的话，恰好是我自己的内心已经有了这种需求，人的觉悟基本从看世界开始。

有的人辞职后会旅行一段时间，去寻找下一个阶段的目标；有的人离婚后会旅行一段时间，去梳理自己的思绪。我也不例外。我打算边看边和内心对话，寻找下一阶段的意义。

5月份我去了西安，这是我第一次主动要求出去，全家人都很开心，与我同行。在西安的城墙上，我想象千年以前的历史是多么惊心动魄，悲壮苍凉；在大唐不夜城里，我穿上唐装，想象当年的大唐是如何繁华；在陕西历史博物馆里，我静静地看着一件件文物背后的故事。

6月份我去了普陀山，宝相庄严，内心宁静。看见山间的小猫小狗，我猜想着它们到底是吃素的还是吃荤的？转念一想，我又莞尔一笑，吃素如何，吃荤又如何？大千世界，万物万象，何必着相？

7月份我去了云南大理，坐在船上看洱海，波光粼粼，夕阳西下，晚风吹过脸庞，这一刻，心境澄明！

朋友还送了一辆敞篷车过来，我沿洱海绕了一圈，瞬间被吹成了"梅超风"。

在大理古城里时，恰巧遇到火把节，先生买了一个最大的火把，结果我们都举不动。我笑骂："这和烧香买巨香的性质有何区别？"他说："烧最大的火把，过最旺的人生。"我瞬间觉得这寓意还不错。

我还去了我大姑姑心心念念的鸡足山，顺便吃了个冰激凌。

9月份我去了望仙谷，住在揽月居里，慢慢逛着小吃街，一路走一路吃，仿佛回到最无忧的年华。

在山谷中，看灯火星星点点，暮色渐渐昏沉，回首多少往事，几番浮沉，起起落落，我不自觉地在晚风中悲喜交集，泪流满面，只求此生无愧我心。

在篁岭中，看着村民晒秋，我感受着人间烟火，尝了手工美食，感受着以前车马慢，一生只够爱一人的生活。

10月份我去爬了三清山。适逢国庆节假期，人潮涌动，我足足爬了6个小时，哆嗦着两条腿下来的，心情却无比舒畅，原来我的意志力竟如此之强。虽然此后两天我是拄着拐杖走路的，大家都笑我滑稽，但我的心情从来没有如此轻松过。

11月份我去了国清寺还愿。我曾说过，如果我所有的10年目标完成，我必要来此还愿。虽然我愿并未在此许下，但这又有什么关系呢？年轻时，总有这个愿那个愿，贪念很重，如今我只求家人平安喜乐而已！

我在走过这一路后，灵台已经渐渐清明，耳边响起了那首老歌：

冷暖哪可休，回头多少个秋，寻遍了却偏失去，未盼却在手。我得到没有，没法解释得失错漏，刚刚听到望到便更改，不知哪里追究。

一生何求，常判决放弃与拥有，耗尽我这一生，触不到已跑开。

一生何求，迷惘里永远看不透，没料到我所失的，竟已是我的所有。

冷暖哪可休，回头多少个秋，寻遍了却偏失去，未盼却在手。我得到没有，没法解释得失错漏，刚刚听到望到便更改，不知哪里追究。

一生何求，常判决放弃与拥有，耗尽我这一生，触不到已跑开。

一生何求，迷惘里永远看不透，没料到我所失的，竟已是我的所有。

一生何求,曾妥协也试过苦斗,梦内每点缤纷,一消散哪可收。

一生何求,谁计较赞美与诅咒,没料到我所失的,竟已是我的所有。

后　记

这本书完成那天，是一个初冬的午后，冬日暖阳柔柔地洒在身上，颇有一股岁月静好的味道。

写完这本书，我内心充满了平和和喜悦的感觉。这种感觉在创业后已经很少有了，但是我知道，只要我一写书，这种感觉就会回来，这也是我始终放不下出书的情结的原因。我喜欢用文字和所有凡尘俗世中的读者对话，喜欢用文字去表达自己的真实心境。

这本书是一气呵成的，我写得如行云流水一般，无比顺畅，前后只用了一个多月就完成了。

之所以这么顺，算是厚积薄发吧，我已经有3年没有写书了，内心写书的欲望已经达到了顶点，所以根本停不下来。

我觉得这本书应该算是我到目前为止，写得最好的一本，超过了当年的百万畅销书《做一个刚刚好的女子：不攀附，不将就》。当然，我希望以后能够写出更多更好的书来。

写《做一个刚刚好的女子：不攀附，不将就》时，我的事业刚刚起步，一切还未可知，我在写的时候，会不自觉带上名利的期盼。虽然我在写书的时候也算全心全意，但内心没有现在的从容和松弛感。

我在写这本书的时候，内心一片坦然，只想写出一本自己非常满意的书，用一种清醒、慈悲的视角去看待这世间的万事万物。

我知道当下社会节奏非常快，很少有人愿意用几个小时去做一顿饭，一两分钟的短剧代替了影视剧，短视频代替了文章，但是我相信这一切都是暂时的。

人永远有更高级、更深刻的灵魂需求，我们终将在灵魂深处产生共鸣。

明年便是我创业的第10个年头了。我曾经给自己定过3个目标，第一个目标就是我要用10年时间打拼事业．这10年里我要构建自己强大的人生护城河，在这10年里，亲情、友情、爱情都是可以暂时让道的，我便只死磕一件事，高度聚焦，完成世俗意义上的事业有成阶段。

这10年我确实是这么过的。虽然中间有得有失，但我无怨无悔。即便让我再做一次决定，我依旧会如此。相比我得到的东西，我觉得我已经没什么好遗憾的了。

而第二个10年我则要换一种活法。我想去世界各国看看，圆一圆我年少时的梦，比如法国的普罗旺斯、瑞士的雪山、意大利的罗马、美国的比弗利山庄等,也想把曾经想学却没有条件学的东西都学一学——我把它称为逐梦之旅。人活多少年不重要,但绝对不能活得浑浑噩噩,毫无意义。

而第三个10年想必我也老了,那就安安静静地在家里看书、弹琴、陪伴家人,和老读者们聊天。想到这里,我竟然有点儿期盼自己老去的日子。

如今,正是第一个10年和第二个10年交接之际,但我已经迫不及待地让自己进入了第二个10年。希望第二个10年,我能为大家带来不一样的精彩生活。

最后,特别感谢大家的支持和陪伴,让我这一路走来倍觉温暖,而我亦想用温暖回报大家,希望这本书能为你带来内心的平安喜乐。